KILLER HUNTER

KILLER HUNTER

KILLER HUNTER

KILLER HUNTER

KILLER HUNTER

03

KILLER HUNTER
殺手獵人

CASE THREE 正義

星爵——著

序　嘔心瀝血的第三集

又到了這個時候，這次我想直接來跟大家分享一下，寫完這本書的心得。

殺手獵人系列，出到現在是第三集了，我一直在想，第三集了，應該可以累積很多心得跟大家分享。

希望這次可以寫多一點。

對我來說，寫作時間是很快樂的，一步步把自己構思中的世界，清楚的架構出來，中間的過程，很孤獨，卻也很有趣。

還記得上一次的序，我有跟大家說到想讓讀者們看到我的進化，我成功了，這一集，我做出了新的突破。

其實目前你們看到的內容，第一集、第二集，都是在很久很久以前寫的，那時候我沒想太多，一心只為了完成出版社要求系列作的指定數量，一股腦的就是把腦中的故事榨乾榨乾再榨乾。

當然不能說是不好，但是很多細節，還有伏筆，卻到後來我都沒有去處理，導致內容上的空洞很多。

於是出書之後，我再回過頭來去審視一、二集的內容，毅然決然的要重新構思第三集的故事。

終於在經過幾個月的奮鬥之後，目前構思最完整，最耗我心神的第三集，就這樣誕生了。

所以這次的內容，絕對是熱騰騰！絕對是嘔心瀝血！

這次的內容，就像封面說的，這是一個關於「正義」的故事。

正義，在我寫殺手獵人系列以來，都是最重要的主軸，畢竟是一個反英雄類型的題材，當然KH的所作所為，都不能算是正義。

但如果真的發生了，所謂的正義，我們該如何去定義，拿他來跟別人的正義相比，又是個怎麼樣的不同？

這一集，算是我把我心中對不同類型正義的衝突，催化到最高點，所以說這集都是在講正義而已，也完全不為過。

這段期間經歷了不少天人交戰，包括離開我已經熟知將近四年的工作環境，尋找一個能讓我更有充裕時間寫作的工作，畢竟小說要寫，飯也要吃，這點倒是沒辦法馬虎的。

至於時間軸的部分，大致上是以第一集的時間軸為標準，半年前發生的故事，所以很多可能已經在第一、二集死掉的角色，都會出現。

內容有點類似偵探懸疑，雖然是我第一次駕馭的推理中長篇，也是第一次出現在殺手獵人系列作裡的寫法，但我很有自信，內容絕對是精采可期的。

希望大家會在看這集的時候，發現很多之前埋藏的伏筆，當然要翻回去看也是可以啦！我個人覺得發現伏筆後恍然大悟的感覺，還滿令人開心的。

這次的序也是寫得比我想像中的還要多，但是重點不在這裡，而是在故事內容。

那就廢話不多說，殺手獵人第三集的精采世界，就在下一頁，歡迎各位進入。

星爵

前傳——扭曲的正義

（故事發生在半年以前，KH與閻王對戰的半年後。）

1

是夜，台北市。

有別於都市中心的喧囂以及車水馬龍，五光十色的霓虹燈在這裡完全不見蹤影，如此寂靜的郊區裡坐落著一家古色古香，看上去已經有點歷史的日式餐廳。

餐廳外停放著幾部高級轎車，門上掛著一個寫著「休息中」的木牌，但是裡面卻傳來飲酒歡暢的笑鬧聲。

其餘包廂裡，沒有這時間會來用餐的客人，料理師傅們也都下班休息了，唯獨廚房裡還留著一位老師傅，慢條斯理的用他引以為傲的切魚刀法，一片片的削出薄如蟬翼、幾可透光的生魚片。

傳出聲音的，是最裡面的 VIP 包廂，榻榻米鋪成的地板，包廂中間有一張長方形檜木桌，桌上放滿了高級日式料理，還有幾瓶光是喝一口，就要一般上班族半個月薪水的名酒。

擺滿如此奢華飲食的長桌旁，卻只坐著兩個人，看上去四十歲出頭，戴著眼鏡、臉上堆著笑容且恭敬倒酒的是一位事業版圖佈滿全台的建設公司董事長戴豐濱，坐在他對面拿著酒杯接受倒酒的，則是近日聲勢如日中天的 XX 黨政治委員會執行長李殷世。

而他們的後方，則站著五、六名統一身穿黑色西裝、黑墨鏡，且面無表情的隨扈保鑣。

「我說執行長啊！這次我們的建案通過這麼快這麼順利，真的是多虧您鼎力相助啊！來！我敬你！」戴豐濱將自己的酒杯斟滿，高高舉起來之後一飲而盡，還爽快的發出「啊」的一聲長音。

「小事小事，你給我的那些錢，再加上我的人脈，隨便疏通疏通一下，這建案不就過了嗎？這種事情我是駕輕就熟啦！哈哈哈！」李殷世笑了笑，把酒杯拿到自己嘴前抿了一口，露出沒讓戴豐濱發現的奸笑，接著說：「不過啊……這事還沒完，我還需要多打點幾個單位才可以。」

「那麼……您的意思是……」戴豐濱聽到這句話，露出了似懂非懂的表情詢問著。

「我說老弟啊！你在這行做這麼久了，不會不知道這建案要過，除了你的案子要好，應酬也不能少。你倒好，有事沒事約我來這邊吃吃飯、喝個小酒，這案子就過得這麼順利，你要想想，那些後面的應酬，我可是一場也沒少過啊！」

「執行長辛苦了，需要什麼儘管說，小弟我一定幫忙啊！」說完，他又幫李殷世倒了一杯酒。

見到戴豐濱已經上鉤，他乘勝追擊的說：「這個應酬嘛！也是小事，我出面就好，不過『這個』，還是不能少啊！」他伸出右手，食指和中指併攏，大拇指在兩指間搓啊搓的。

一見到這個動作，戴豐濱馬上懂了，連忙拿出他放在腳邊的公事包，打了開來，裡面滿滿的全是新台幣壹仟元的紙鈔。

「這裡有五百萬，是小弟給執行長的活動費，不知道夠不夠。」

看到戴豐濱如此上道，李殷世揮了揮手，示意後方的隨扈上前，站在他後方的一名隨扈立刻往前一步，伸手將公事包提了起來，他瞄了一眼被提走的公事包，哈哈大笑道：「這樣夠了、夠了，我把這些錢拿去疏通各單位，你這個建案一定風平浪靜啊！哈哈哈！等我的好消息吧！」

「那就萬事拜託了！」戴豐濱把酒杯舉了起來：「乾！」

「一定順利啊！有我在你放心！來！乾！」李殷世舉起酒杯一飲而盡，臉上滿是忍不住的笑容。

看著被拿走的公事包，戴豐濱似乎一點也不心疼，彷彿只是從零錢包裡拿出一些小零頭，見他眼皮也沒眨一下，不斷倒著酒，與李殷世痛快暢飲。

「老弟！你酒量不錯啊！」李殷世讚不絕口。

「好說好說，執行長才真的厲害呢！來！再乾！」

「好！」

如此暢飲又持續了兩個小時，很快的時間已經來到了午夜，這時李殷世問了問站在他身後的隨扈時間之後，伸出雙手，將自己搖搖晃晃的身子撐了起來，對著戴豐濱說：「那，今天就先這樣了，明天早上還要黨部開會，你先回去等我的好消息吧！」

說完之後李殷世轉身就要離開，六名隨扈也跟隨其後，其中一位先上前幫他拉開包廂的紙門，好讓他前進。

「那就拜託執行長了，事成之後我們再找個地方好好慶祝一下。」戴豐濱跟著起身目送他離開。

「你放心，這件事情一定妥妥當當的，走啦！」李殷世頭也不回的隨意揮了揮手，便帶著隨扈離開。

「執行長慢走！」戴豐濱放心的笑著，接著又坐下來喝了一口酒。

此時餐廳外，一個原本盤腿坐在地上埋伏很久的人影，見到李殷世和隨扈推開門從玄關走了出來，立刻拿起相機並關掉閃光燈，對著他猛拍。

相機鏡頭後方，穿著一身黑的年輕男子，露出非常得意的笑容。

「看來這絕對是一個大新聞，只是……戴豐濱他怎麼沒有跟著出來啊？我還以為可以拍到兩個人在一起的獨家畫面呢！真是可惜……」拿著相機的男子原來是個收到消息而來挖新聞的某報男記者，他看到這畫面略顯失望的嘖了一聲後還是繼續按著相機快門，卻沒發現在他的身後，無聲無息的走來了一個更黑暗的人影。

閃電般的出手，後方另一個人影伸手抓住記者的後頸，五個指頭的指尖用力的捏住記者的脖子，力道之大，讓他痛得幾乎失去知覺，連轉頭向後看的動作都做不到，只能使盡全力的用餘光，瞄向他身後不知道什麼時候出現，還出手想置他於死地的人，到底是誰。

「呃……」手上的相機因為痛而脫手掉落在地上，發出輕微的落地撞擊聲，在馬路對面的李殷世等人則完全沒有聽到，還沾沾自喜的拿著隨扈遞給他的公事包，心滿意足的坐上了他的高級名車。

引擎發動，三輛高級轎車緩緩駛離日式餐廳門口，只留下還未離開的戴豐濱自己的車子還停在原地。

見到李殷世等人離去，掐住記者的人影才放開了手，這時早已經痛到失去意識的男記者失去支撐自己的力量，咚的一聲跌在地板上，昏死了過去。

「這不是你應該看到的東西。」人影發出沙啞的低沉男聲，望著昏倒的男記者，接著他蹲了下去，取走他掉落在地上的相機後便站了起來，緩緩的朝身後的黑暗巷弄裡走了進去。

2

三輛車子緩緩的在台北市某高級住宅區行駛著，引擎聲融入了這裡的夜色之中，自離開日式餐廳已經過了將近四十分鐘，李殷世坐在最後一輛車子裡的後座上，早已不勝酒力的呼呼大睡，直到隨扈將車子開到他豪華住宅的大門口，才輕輕的把他叫醒。

「議員，已經到了。」一名隨扈打開車子後座的門，拍拍他的肩膀，這時依舊緊抱著裝有五百萬現金公事包的李殷世才慢慢轉醒。

「嗯……扛我進去。」李殷世抿抿嘴，打了一個哈欠。

等到兩三個隨扈把身材微胖的李殷世扛到門口，且讓他妻子開門來接他進去時，又是五分鐘後的事情了。

隨手關上了門，一名隨扈揮揮手示意大家解散。

喝太多酒全身發軟的李殷世，連他妻子看了都直搖頭，連忙把他扶到沙發上坐下，便嘆了口氣，上樓去睡了。

「喂！喂！幫我拿醒酒藥來！妳有沒有在聽啊？」無力的探了探頭，發現除了到現在還沒有去睡，正在準備明天早餐備料的幫傭柳姨之外，他的妻子早就不知道跑去哪裡了。

「媽的……這臭婆娘，也不想想是誰每天出去賺錢，擺什麼架子，操……」李殷世揉揉自己發疼的太陽穴，接著對著在廚房的柳姨喊道：「柳姨！幫我拿醒酒藥來！」

聽到李殷世在客廳大喚的聲音，準備到一半的柳姨馬上應了聲好，接著從櫥櫃拿出一包醒酒藥，並倒了一杯白開水，走到客廳遞給了他。

吞下了藥，灌了一大口水讓藥順著喉嚨嚥了下去，李殷世閉上眼睛，想要借藥力減輕酒精對他造成的暈眩感。

過了幾分鐘，就在他腦中那天旋地轉的感覺終於好轉起來的時候，一通電話打了進來，調成靜音的手機在他的西裝褲口袋裡不斷震動，深吸了一口氣，李殷世把電話從口袋裡拿了出來。

看了看來電顯示，李殷世轉頭望向還在廚房準備明天早餐的柳姨，對她說：「柳姨，妳可以先走了。」

「可是先生，我還沒弄完，還有一些——」正在切萵苣的柳姨說到一半，李殷世便又出聲打斷。

「我說，妳可以先走了，好、嗎？」李殷世拿起正在震動的手機晃啊晃的，雙眼也若有深意的瞇了起來，對她搖搖頭。

「我、我知道了，我馬上回去。」脫下圍裙掛好，柳姨連忙把桌子收一收，在不到一分鐘的時間，她就已經收拾完畢準備離開了。

而在她收拾的同時，李殷世也把電話接起來，專心的講著，連柳姨要離開時跟他道別都沒聽到。

「畚箕大仔，我知道，戴豐濱那小子想要順順利利的蓋這個房子，還沒這麼容易，今天這五百萬只能算是零頭而已，喝茶還差不多。」李殷世手扶著沙發站了起來，走到客廳旁的落地窗前，看著窗外華麗的庭園造景，說：「反正現在就讓他過，等到蓋到一半，再找各種名目要他付錢，再不行，你畚箕大仔這麼多兄弟，每天就去工地給他亂，亂個幾次，到最後這個錢還不是要一億兩億的吐出來了嗎？哈哈哈！」

李殷世說得越來越得意，畢竟這種事情也不是第一次做，再大的建商都敵不過黑白兩道都通吃的他，對他來說，玩政治除了錢，沒什麼事情更重要了。

「李仔，我知道你很行啦！不過最進風聲很緊，你做事要小心一點，前一陣子南部那個姓王的才剛被抓到收錢，那次連我都差一點被牽連進去了。」畚箕大仔在電話另一頭說著。

「沒問題啦！」李殷世拿起水杯喝了一口，接著說：「那個女的就是無能，肉都到嘴邊了還不知道怎麼吃，吃不乾淨還被看到，不抓她抓誰啊！我李殷世什麼人，安啦！」

「那我這次就靠你啦！下次選舉的時候我一定全力支持你上位啦！」畚箕大仔很開心的說。

「我辦事你放心，就這麼說定啦！這五百萬我明天就找人匯過去，好！再約喝酒，再見。」李殷世心滿意足的掛上電話，此時他的後方不遠處，傳來「啪」的一個輕聲，在毫無人影的客廳裡顯得格外明顯。

「是誰？誰在那裡？」李殷世大吃一驚，無比警戒的他放下水杯，朝聲音傳來的地方看去，只看見偌大的客廳那沒開燈的角落，有一個像是燈泡的小紅光閃爍著。

雖然沒有注意過客廳有放些什麼，但他很確定的是那邊絕對沒有放東西，那麼那個閃爍著的紅光是哪來的？

死盯著紅光不放，李殷世慢慢的把手機放回口袋，右手不著痕跡的摸向上衣口袋裡，他買來防身用的掌心雷手槍，一步一步緩緩的走向紅光處。

「出來，不管你是誰，出來！」李殷世走了兩步，試著對那黑暗無比的小角落喊聲壯膽，右手食指也緊緊的壓在掌心雷的扳機上，準備發難。

黑暗處沒有回應他的問題，只是無預警的傳來了「嗶」的一聲，驚得他寒毛直豎，差一點按下扳機開槍。

「我說執行長啊！這次我們的建案通過這麼快這麼順利，真的是多虧您鼎力相助啊！來！我敬你！」

「啊！」

「小事小事，你給我的那些錢，再加上我的人脈，隨便疏通疏通一下，這建案不就過了嗎？這種事情我是駕輕就熟啦！哈哈哈！」

「不過啊……這事還沒完，我還需要多打點幾個單位才可以。」

「那麼……您的意思是……」

「我說老弟啊！你在這行做這麼久了，不會不知道這建案要過，除了你的案子要好，應酬也不能少。你倒好，有事沒事約我來這邊吃飯、喝個小酒，這案子就過得這麼順利，你要想想，那些後面的應酬，我可是一場也沒少過啊！」

「執行長辛苦了，需要什麼儘管說，小弟我一定幫忙啊！」

「這個應酬嘛！也是小事，我出面就好，不過『這個』，還是不能少啊！」

「這裡有五百萬，是小弟給執行長的活動費，不知道夠不夠。」

「這樣夠了、夠了，我把這些錢拿去疏通各單位，你這個建案一定風平浪靜啊！哈哈哈！等我的好消息吧！」

「那就萬事拜託了！」戴豐濱把酒杯舉了起來：「乾！」

「一定順利啊！有我在你放心！來！乾！」

在「嗶」的一聲之後，黑暗處傳來的是李殷世再也熟悉不過的對話，這就是幾個小時前他在日式餐廳跟戴豐濱的談話內容，而且聽起來錄音的地方似乎就在包廂裡，而且離他們兩個人很近。

錄音播到一半，隱藏在黑暗處許久的人影才慢慢的走了出來，手上還拿著一支錄音筆，閃爍的紅光正是從錄音筆上的電源燈發出來的。

拿著錄音筆的人影因為沒有開燈，讓李殷世看不清他的樣子，但以身形看上去，是一名身高約一百八十公分左右的成年男子，男子全身上下穿得都是一片漆黑，頭也讓黑色的連帽外套擋住了容貌，且全身散發出一股令人窒息的黑暗氣息。

光是現身的氣勢就足以讓看過大風大浪的李殷世不寒而慄，此人來頭一定不小，警戒眼前男子的他不敢輕舉妄動，只是他的雙腿難掩懼怕的發起了抖來。

這時，連帽外套裡的男子嘴角微微上揚，再次按下了錄音筆的按鈕，錄音筆又發出了「嗶」的一聲。

「畚箕大仔，我知道，戴豐濱那小子想要順順利利的蓋這個房子，還沒這麼容易，今天這五百萬只能算是零頭而已，喝茶還差不多。」

「反正現在就讓他過，等到蓋到一半，再找各種名目要他付錢，再不行，你畚箕大仔這麼多兄弟，每天就去工地給他亂，亂個幾次，到最後這個錢還不是要一億兩億的吐出來了嗎？哈哈哈！」

「沒問題啦！」

「那個女的就是無能，肉都到嘴邊了還不知道怎麼吃，吃不乾淨還被看到，不抓她抓誰啊！我李殷世什麼人，安啦！」

「我辦事你放心，就這麼說定啦！這五百萬我明天就找人匯過去，好！再約喝酒，再見。」

錄音到此結束，男子用左手收起錄音筆放進口袋中，雙眼直視著李殷世，並伸出了右手，做出一個類似「請」的手勢，開了口說：「給我一個，不殺你的理由。」

男子沙啞的聲音傳進李殷世的耳朵裡，他一下子還沒來得及反應過來，只覺得這個特地跑到餐廳還有自己家裡錄音的人，一定是來勒索他的，於是他把右手從懷中拿了出來，雙手平舉做出投降的手勢，露出他在政界遊走多年一貫的露齒假笑，對眼前的黑衣男子說：「是誰派你來的？有話好說，你們想要多少錢？一百萬？五百萬？還是一千萬？我李殷世有的是錢，不管你要多少，我都可以給你們，只要你把你剛剛的錄音筆交給我，你要多少錢都有。」

黑衣男沒有多說話，只是伸出左手又把懷中的錄音筆拿出來，對著李殷世。

「對對對，就是這樣……嗯？」李殷世說到一半發現不對，因為黑衣男的另一隻手，從他的後腰抽出了一把寒光四射的刀子。

「是誰派你來的？有話好說，你們想要多少錢？一百萬？五百萬？還是一千萬？我李殷世有的是錢，不管你要多少，我都可以給你們，只要你把你剛剛的錄音筆交給我，你要多少錢都有。」

「答錯了。」黑衣男舉起手中刀子，揮下。

3

翌日清晨，在還沒六點的時候，柳姨就急急忙忙的踏進了李殷世家的大門，昨天早餐準備到一半就被趕回家，她今天特地提早出門，想到李家廚房繼續準備昨晚還沒處理完的早餐。

在玄關脫下鞋擺好之後，拿起了包包走進家裡，這時她才發現廚房和客廳的燈都沒有關，難不成是太太已經下來準備早餐給孩子了嗎？

往前走了幾步，仔細聽著廚房的動靜，卻沒發現任何正在烹飪時會發出來的聲音，她心想，應該是李先生昨晚就這樣醉倒在客廳了吧。

搖了搖頭嘆一口氣，這種情況也不是第一次發生了，只要太太不開心，根本也不會管自己的丈夫有沒有回到房間裡睡覺，她早就已經見怪不怪了，還是把重點放在自己的工作上，別多管閒事的好。

不去管人家的家務事和工作上的事，是她的信條，這也就是她為什麼可以深得李家人信任，在這裡幫傭了好幾年，其實她知道的秘密，可能比李殷世的老婆，還來得多呢。

在廚房放下裝滿用具的包包，柳姨想先去客廳把燈給關上，如果看到李先生在客廳睡著，也可以順便叫他起床。

廚房和客廳僅僅隔著一條走廊，柳姨沒幾步就走了進去，只是沒想到她才剛走進客廳，馬上就滑了一跤，重重的跌在地上，連老花眼鏡也飛了出去。

「唉唷……摔死我了……」柳姨吃痛的摸摸自己被跌疼的屁股，摸了摸旁邊的地板才知道是因為地上不知道為什麼有液體在，讓她失足滑倒。

「怎麼把水灑了一地……」抓起掉到旁邊的老花眼睛戴了起來，這時她赫然發現，手上沾滿了一片鮮紅的血液，剛剛害她滑倒的不是水，正是這些血，她瞠目結舌往前一看，這個家的主人李殷世，正躺在她前方的血泊之中，左胸還插著一把刀子。

「啊！！！」柳姨驚恐得放聲大叫，尖叫聲傳遍整個屋子，也把樓上的李殷世老婆和小孩都吵醒了。

「怎麼啦？叫這麼大聲……」李殷世的老婆洪艾亞，揉著睡眼惺忪的雙眼走下樓，她的兩個小孩也緊跟在後，在走進客廳的時候也發現了自己丈夫的屍體，還有蜷縮在地上抱頭發抖的柳姨。

洪艾亞大吃一驚，想到身後還有兩個小孩，連忙將他們推離客廳的範圍，吩咐他們上樓去，不許看。

等到小孩都上樓之後，她才露出她極為害怕的一面，雙腿發軟的跪了下來，抱住一樣跪倒在旁的柳姨，眼淚還不停的往下掉。

「是誰……到底是誰……」止不住害怕的眼淚，她不斷的低聲問著。

「我不知道……我剛剛來的時候就看到了，我不知道……我真的不知道……」柳姨害怕得連頭都不敢抬起來，只是和洪艾亞一起跪在地上不停的發著抖。

兩個多小時後，早上八點半，台北市內政部警政署，刑事警察局。

一大早，偵一隊的刑警們就開始忙東忙西的，每個人忙得焦頭爛額，電話還不停的狂響，很多人放在桌上的早餐、還有喝到一半的咖啡都沒辦法繼續享用，因為今天凌晨就有非比尋常的大事發生。

唯有一個人，這時還打著慵懶的哈欠，慢條斯理的搭著上樓的電梯，不修邊幅的他連鬍子都懶得刮，只穿著千篇一律的白T恤加黑色皮外套，就很隨興的來上班了。

「叮」的一聲，電梯開了門，他往辦公室裡望過去，只見大家跑來跑去的，還有幾個人一起從裡面跑了出來，急急忙忙的閃過緩步走出電梯的他，慌張的按下了一樓的按鍵。

「搞什麼鬼？趕火車啊？」皺起眉頭往後瞥了一眼，他聳聳肩繼續朝辦公室裡走去。

「龍警官早！」

「龍哥早！」

「長官早！」

雖然大家一大早就很匆忙，不過幾個位階較低的刑警一看到他走進來，還是很有禮貌的問好，其餘跟他職級差不多或是比較熟的刑警們，則是見怪不怪的笑了笑，接著繼續處理自己手邊的工作。

「呼啊！」大大的又打了一個哈欠，連槍套都沒有掛，隨興的從口袋把配槍拿出來放在雜亂無比的桌上，角落倒放著一個寫有他名字的牌子，他搔搔頭，隨意的將寫著「刑警龍顯」的牌子放好，接著皺起眉頭看著來來往往的慌張警察們，腦中思考著現在這種情況的可能性。

距離上次偵一隊的辦公室這樣慌慌張張的樣子，好像是那個什麼殺手獵人剛出現的時候吧！那時候光搜查行動就讓大家不眠不休的南北奔走了兩個多月，搞得每個人都快得精神病了，結果還是連他的一根毛都抓不到。

當初風風光光在全國人民面前成立的對殺手獵人的專案小組，現在成員也是剩下寥寥無幾，不過自己還是在那形同虛設的小組裡掛著組長的位置，實際上搜查一點進展也沒有。

「阿龍！」剛甦醒沒多久的腦袋才運轉到一半，後方的隊長辦公室裡，便傳來他熟悉的呼喚。

搖搖頭，他把放在桌上的配槍收進口袋裡，緩緩的往隊長室走了過去。

「怎麼啦……嗯？」一進到隊長室裡，才發現自己常常被叫進來罵的地方這次擁擠了不少。

小小幾坪的隊長室裡特地拉上了百葉窗，天花板上燈也沒有全開，昏暗的燈光好像想刻意隱瞞什麼秘密。

裡面最起碼有八、九個表情鐵青的人，全部把視線落在剛進門的他身上，定睛一看才發現，這些現在坐在隊長室裡，一臉嚴肅的人，來頭可全都不小。

隊長他是再熟悉也不過的，只是他這次不是坐在自己的位置上，而是一旁的沙發，坐在偵一隊隊長椅子上的，則是他最討厭的、被他取了個小平頭當綽號的刑事局局長侯仲寬。

其他三三兩兩或坐或站的人，龍顯大致上都看過，都是局裡的長官，也都是老面孔了，唯獨一個穿著黑色西裝，站在侯仲寬身旁的年輕人，一副撲克臉的陌生清瘦臉龐，他則是一點印象都沒有。

直到他看到年輕人的西裝領子上，掛了一個傳說中鮮少得見，銀白色的圓形鳳凰雕刻徽章，他才知道這個人的來歷。

「到底發生什麼事了，國安局的特務來這裡做什麼？」龍顯看著侯仲寬直問道。

一聽到龍顯這樣問，那位年輕人便露出淡淡微笑，未等侯仲寬回答，他就邁步走向龍顯，在他面前伸出手來，對他說：「幸會，龍警官。我是國家安全局的特勤人員，敝姓夏，單名穹，久仰大名，聽聞龍警官的能力卓越，國安局特別派我來拜訪，希望您可以給予協助。」

龍顯禮貌性的伸出手與夏穹握了個手，心想自己一定又要接什麼爛差事了，表情無奈的問道：「要我幫什麼？」

夏穹笑了笑，回答：「正是您最熟悉的，殺手獵人。」

「蛤？」龍顯聽了之後張開了嘴，露出不可置信的表情。

4

「接下來為您插播一則最新消息，警方在今天凌晨六點時分，接獲了報案，議員李般世在自宅中遭到謀殺，警方趕到現場時李議員已經沒有生命跡象，全身上下共有十幾處刀傷，致命傷是在胸口，鑑識人員還在現場發現一個記憶卡，裡面錄有李議員收賄的犯罪錄音檔。」新聞主播說到一半，也從桌上拿起一張記憶卡，接著說：「同時間，在今天早上九點左右，本台也收到一個記憶卡，經過內容確認，應該是兇手所寄出的沒錯，接下來我們就將內容播放給各位觀眾。」

燈光幽暗的酒吧裡，一位白髮蒼蒼的老人一言不發的看著電視新聞的內容，拿起遙控器轉到另外一台，也幾乎是相同的新聞，除了警方之外，全國所有的電視、平面媒體，都在同時間收到由兇手所寄出的記憶卡，內容都是李殷世的犯罪錄音檔案，動作之大，好像在炫耀自己抓到了李殷世的把柄而且殺了他，還向全國人民炫耀一樣。

「你怎麼看？」老人回過頭，對著坐在吧檯旁，邊喝著啤酒邊抽著菸的黑衣男子問道。

「什麼怎麼看？不就是個自大狂嗎？」男子吸了口香菸，吐出濃濃白霧。

酒吧名為 SICKLE，隱藏在台北市鬧區一個不起眼的小巷弄地下室裡，平常出入的人龍蛇混雜，但在這還沒開店的時間，還待在這裡的一老一少，則是黑暗世界最擅謀略的殺手之神 Ruse，另一個年輕的，就是最令所有殺手聞風喪膽的獵人，KH。

KH 瞄了一眼電視，不屑的搖搖頭，殺手他是見多了，會大動作發出預告函的也有，在網路上公告的也有，甚至還有直接跑到目標面前，說什麼時候要來殺他的這種殺手也是存在，不過這種大費周章的方法，他還是頭一次見。

姑且不論他是用什麼方法錄到這麼多犯罪證據的，光是跟蹤和潛入，看上去就要花不少時間了，殺一個人還要這麼費功夫，這才是讓人最匪夷所思的。

「你好像有很多疑問，不妨說出來討論一下。」Ruse 拿出遙控器又轉了另一台繼續看。

「你是不是知道什麼內幕……」聽到他這麼說，又這麼反常的津津有味的看著電視，這件事情搞不好又跟這個腹黑的臭老頭有什麼關係了。

「完全相反，這個兇手的底細我完全不知道。」Ruse 答道。

「不是吧……我第一次聽到你這麼說耶！你平常不是都胸有成竹嗎？」KH 難得有機會可以酸他個幾句，當然不會放過這個機會。

「這次我一點頭緒都沒有，真的。」Ruse 從電視前的沙發上站了起來，走到吧檯邊，拿出杯子倒了些紅酒進去，喝了一口說：「不過我一大早就接到有人想要除掉他的委託，怎麼樣？有興趣嗎？」

「你都沒頭緒了，我上哪去找他？」KH 給了他一個白眼，把菸熄在菸灰缸裡。

「所以這次就換個遊戲方式囉！發揮你的能力把他找出來，然後……」Ruse 將紅酒一口飲盡，看著 KH：「殺了他。」

「這種累死人的工作對我有什麼好處？給我一個誘因。」

「呵。」Ruse 拿出一直握在手上沒有放下的電視遙控器，又轉了另一台，且指向電視叫他看。

「以上，就是我們收到的檔案內容，而且兇手不但寄出記憶卡，還寄了一張黑底白字的卡片，似乎就是目前在全世界到處犯案的連續殺人犯，殺手獵人KH，每次都會在現場留下來的象徵性卡片，各位觀眾請看。」主播把黑底白字的卡片翻轉了過來，一樣純黑的卡片背面，有著類似白色修正液所寫出的潦草字跡。

「KH,can you find me out?」

看到上面寫的字，KH 眼睛都瞪大了。

「『KH,can you find me out?』直接翻譯就是，KH，你能把我找出來嗎？我們相信這是兇手對殺手獵人的挑戰書，警方對此也發出高度重視的聲明，並說……」

新聞還沒結束，Ruse 就把電視關上，又拿出另一個杯子，把兩個杯子倒滿了紅酒，遞了其中一杯給KH，意有所指的微笑說：「喏！殺手獵人，你會接受挑戰嗎？」

「你早就知道那張卡片的事情了吧！還說你一點頭緒都沒有？」

「除了今天發生的事情我都比媒體早知道以外，其他的我可沒騙你。」Ruse微微舉起了杯子，將杯緣靠近唇邊，輕輕啜了一口。

「你覺得呢？平常對我有興趣的人，不是想盡辦法雇偵探來追查我，就是乾脆早早引退躲起來以免沒命，這次這個傢伙這麼有自信，你不怕我就這樣掉進他的陷阱裡嗎？」KH把紅酒杯挪開，繼續喝著他的啤酒。

「我倒是覺得很有意思呢！」Ruse笑了笑，道：「而且這也是前所未有的挑戰，不是嗎？」

「我看起來像是很喜歡冒險的勇者男主角嗎？」KH白了他一眼。

「不像，你比較像勇者千方百計要找出來消滅的大魔王。」Ruse將紅酒一飲而盡，走進吧檯裡，接著從抽屜拿出一張小紙條，在上面寫了一串數字和英文之後，遞給了KH。

「大魔王應該是你才對吧……這是什麼？」KH接過小紙條，看著上面的數字和英文。

「這是我手底下一名很厲害的偵探，他的 Mail 帳號，我相信他會給予你很大的幫助的。」Ruse 說。

KH 無奈的點點頭，反正這老頭只要決定要他做什麼事情，問什麼都是問好玩的，到頭來還是非接不可。

「好吧好吧！看你對這個勇者這麼有興趣，那我就只好如你這大魔王的願望來消滅他了，他值多少錢？」KH 問道。

「目前這樣。」Ruse 右手比出五。

「現在就有這麼多？」KH 不可置信的說。

「誰叫他殺的人是官，現在想要他的命的人可不少，想必這陣子各方勢力的動作都會很大，你自己多留點心。」

「別瞎操心了，我可不是菜鳥。」KH 將杯中的啤酒喝光，順手把 Ruse 給他的紙條塞進口袋裡之後，起身離去。

「我這個人不喜歡拐彎抹角，有什麼事情你就直接說吧。」不顧幾位長官的眼光，龍顯一屁股就坐在隊長室的沙發上，還很自動的自己倒茶喝了起來。

「龍警官果然豪爽，那我就直說了。」夏穹從口袋裡拿出一張令龍顯再也熟悉不過的黑色卡片，並把背後的「KH,can you find me out?」也翻過來給他看。

「這是什麼意思？挑戰KH？」龍顯問道。

「我想是的，想必龍警官也知道李議員遇害的事情，兇手除了在現場留下錄有犯罪證據的錄音之外，還留下這張卡片，不僅如此，他還將卡片和檔案複製了好幾份，寄到各大媒體，引起了全國的恐慌。」夏穹把卡片收了起來，繼續說道：「我們國安局非常重視這個問題，所以……」

「所以，因為兇手擺明了要找的人是KH，而且我是對KH專案小組的組長，你們國安局就覺得可以從這個部分著手調查，才派你來找我的吧？」龍顯沒等他說完就插嘴道。

「沒錯，所以我們希望龍警官可以協助我們國安局一起調查這件案子，將兇手找出來的同時，也可以讓您親手抓到殺手獵人，一石二鳥。」夏穹微笑道。

「長官們，你們怎麼想？」龍顯看了一眼隊長還有其他長官們。

在場的長官們當然早已知道夏穹的來意，會把自己叫進來，表示他們已經答應國安局的條件，到現在還問他們意見，龍顯突然覺得自己很蠢。

「我知道了，想從我這邊多了解那個專找殺手的傢伙嘛！沒問題！」龍顯雙掌在沙發上一拍站了起來，走到門口打開門大喊一聲：「大胖！把KH專案小組的資料拿來！全部！」

「是！」隊長室外的辦公室裡傳來宏亮的應答聲。

不一會兒，被龍顯喚作大胖的刑警，上氣不接下氣的拖著看起來絕對符合綽號的肥壯身材，抱著厚厚一大疊資料進了隊長室，遞給了龍顯。

「好，你可以走了。」龍顯左手單手接過資料之後，揮揮右手把大胖趕了出去，接著自己雙手捧著資料走到夏穹面前。

「感謝龍警官的協助，國安局感激不……咦？」夏穹才剛從龍顯手中接過資料，龍顯便轉身走向門口，似乎想要離開。

「資料給你了，我走了，自己慢慢看吧！」龍顯伸出左手小指挖了挖自己的耳朵，右手握在門把上就要轉開。

「龍警官，等一下！」夏穹出聲喚住龍顯的腳步，此時其他長官才反應過來，連忙出聲阻止。

「阿龍，你幹嘛？」隊長李育昇上前一步就要走了出去。

龍顯聞聲停下了右手轉門把的的動作，左手小指繼續挖著耳朵，向後看了一眼，說：「我一聽到說官腔的聲音耳朵就會癢，沒辦法幫你啦！資料你慢慢看慢慢研究吧！加油啊！祝你早日一口氣抓到他們兩個！」

說完之後，他不顧眾人瞠目結舌的表情，打開門就走了出去。

「阿龍！你站住！喂！」眾長官在場，李隊長這臉怎麼樣都拉不下來，拍了下桌子就要追出去，不過卻被夏穹伸手擋了下來。

「沒關係的，應該是我們誠意還不夠，接下來就交給我吧！我會讓龍警官看見我方的誠意的。」夏穹微微笑，給了在場所有長官鞠一個躬，便捧著厚厚的資料離開了隊長室。

5

十一月的天空，下起了微微細雨，將原本還讓人感覺不到入冬的溫度，稍稍的降了下來。

台北市第一公墓，空蕩蕩的沒有任何人煙，和著陰陰的天空及細雨紛紛，在空氣中飄散著靜肅且淒涼的氣氛。

龍顯獨自驅車來到這裡，在外面下了車，撐著黑色的傘走向第一公墓，經過入口的大拱門時他向上看了一眼，門樓上黑底金字的「慎終追遠」四個大字，彷彿勾起了他隱藏在心中最深處的沉痛回憶。

走進第一公墓裡，放眼望去的就是山坡上成排的墓及墓碑，這些墓，代表了一個個曾經的過客，在這世界上他們或多或少都留下了些什麼，也在離世前或多或少的帶走了些什麼。

而龍顯要來拜訪的故人，在他的心中留下了太多，也帶走了太多。

徒步走了一會兒，他在其中一個墓前停下腳步，接著蹲了下來，用沒有拿雨傘的左手輕輕拭過墓碑上的「徐亞風」三個字，深深吸了一口氣，露出了嚴肅且哀痛的神情。

點了一根香菸，龍顥將它反過來插在墓前的小香爐上，接著自己又點了一根抽了起來。

在這個墓的主人還在世上時，曾經是他最好的夥伴，兩人一冷一熱的個性幾乎是相反的存在，徐亞風屬於冷靜分析的理論派，龍顥屬於一頭熱的行動派，剛開始兩人幾乎水火不容、互相討厭對方。

「你給我滾開啊！礙手礙腳的！」龍顥在一次帶隊掃蕩販賣黑槍的犯罪集團工廠老窩時，因為亞風一直堅持不要在大隊來之前貿然衝進去，被他怒斥一聲給推開，撞到一旁的牆上。

兩人第一次搭檔帶隊，龍顥壓根兒不喜歡這個理論派的小子，也沒想要跟他合作，自己帶著小隊就衝了進去。

「砰！」

「砰！」

「砰！」

工廠裡槍聲大作，不時傳來歹徒中槍的哀號聲，龍顯的小隊都被他訓練成一等一的槍法好手，他自己更不用說了，從念警大以來，就是公認的神槍手，畢業後進警隊，每每抓犯人都是獨自衝鋒陷陣，勇猛難當。

等到亞風好不容易追上龍顯的小隊時，他們已經衝到最裡面了。

眾人站在工廠的辦公室裡，兩旁躺在地上哀號的都是犯罪集團的成員，連他們的頭頭都被龍顯近身揍倒在地上後銬住，可說是大獲全勝。

「你看吧！還等什麼大隊，有我在這裡，只需要啦啦隊！」龍顯瞪著剛追上來氣喘吁吁的亞風，連小隊裡的其他人都在嘲笑亞風。

亞風無奈，衝動的人他見過不少，但大多都是罪犯，這麼衝動的警察他倒是第一次見。

「好了好了，等大隊的人來收拾殘局吧！等一下就可以回家睡大覺了！」龍顯收起槍，一屁股就坐在辦公室的沙發上。

收拾掉整個犯罪集團，大家心情也鬆懈了下來，完全沒注意到這裡隱藏著的威脅，只有亞風一個人感覺到不對勁。

因為他從進到這間辦公室開始，就一直聞到一股奇怪的火藥刺鼻味道，卻不是屬於手槍的硝煙味。

此時，被手銬反手銬住的犯罪集團頭頭，不知道用了什麼方法把手銬打開，站起來拔腿就衝了出去，手上還拿著一個疑似炸彈的引爆器。

「他媽的……去死吧！」衝出辦公室外的頭頭表情猙獰，大拇指就要按下引爆器，而龍顯小隊的人早就已經把槍收起來了，根本來不及阻止他。

只有一個人，像是早就料到一樣的，抓起放在龍顯坐著的沙發旁，桌子上的一個黑色盒子，在他按下引爆器的同時，朝門口丟了出去。

一聲轟然巨響，犯罪集團的頭頭站在門外，被自己引爆的炸彈炸得四分五裂，而亞風則是因為離炸彈最近而被暴風震倒，向後飛跌在地上。

玻璃和牆壁破片四散、煙塵密布，亞風坐在地上不停咳嗽，這時從煙塵中伸出了一隻右手，把他拉了起來。

「你沒事吧？」伸出那隻手的正是龍顯，把亞風拉起來之後，拍了拍他的衣服，檢查他身上有沒有受傷。

「這樣我應該不算礙手礙腳了吧？」亞風笑著說。

「你真是個白痴。」龍顯失笑。

「大家都這麼說。」

經過這次事情之後，龍顯對亞風的態度略有改變，不再處處針對他，後來兩人一次又一次的攜手合作，亞風出主意、龍顯出手抓賊，破了不少大案子，合作無間，這個組合也被刑事局的所有刑警譽稱為「神探拍檔」。

兩人的無敵組合還一度威嚇了全國上下所有的犯罪活動，犯罪率直逼五十年來的最新低，因此連總統都曾接見過他們兩位，還獲頒了一塊匾額，題上了「破案如神」四個大字，到現在還掛在局長的辦公室裡。

兩人合作了好幾年，默契好得沒話說，雖然偶爾還是會因為意見不合鬥起嘴來，但是兩三天就會和好如初。

個性衝動的龍顯，常常得罪人，也沒什麼朋友，對他來說，徐亞風是他心中最無法取代的摯友，而亞風對龍顯也是一樣的想法。

龍顯經常對長官出言不遜，一有不滿就會直接說出來，幾年來建功很多但闖禍更多，所以始終無法晉升，而他闖的禍一直以來都是亞風在幫他緩頰，上頭看上亞風的能力、冷靜和社交手腕，原本有意將他升到警察的管理階層好好培養，但亞風卻很乾脆地拒絕了。

「你幹嘛不升上去？難得小平頭這麼重視你。」一天晚上，兩人處理完案子之後，閒來無事就到案發現場附近的淡水老街閒晃，走著走著龍顯就停了下來，靠在岸邊的扶手上，看著漆黑一片的遠方河面，問著站在他身後的亞風。

「跟你一樣。」亞風同樣靠在扶手上，看著遠方，說：「偶爾看到一次長官就很煩了，上去管理階層還要每天看，饒了我吧！哈哈！」

「這什麼爛理由！哈哈！」龍顯笑了，拿起手中的啤酒灌了一口，然後吸了一口香菸。

「最主要的原因啊！還是因為我怕我去了，你就沒辦法像以前這麼輕鬆破案囉。」亞風拍拍龍顯的肩膀，對他笑了一下，說：「你沒有我是不行的，我們是神探拍檔嘛！對吧？」

「去你的！」龍顯把香菸彈向亞風，被他輕鬆閃過。

「早猜到囉！」亞風伸出右手食指左右搖晃著。

這樣的好朋友、好拍檔，龍顯一直認為他和亞風就會一直這樣搭檔下去，雖然以後可能各自有家庭，生活重心因此改變，但那曾經一起出生入死的情感不會消失，到老都是永遠的好拍檔，沒想到他卻比自己先一步離去。

「要不是因為那個傢伙……」一想起亞風的死因，龍顯心中一怒，用力的把香菸丟在地上，出腳踹熄，腳尖接觸地面時發出了「砰」的響聲。

「龍警官，何來盛怒呢？」身後傳來龍顯既陌生卻又有點熟悉的聲音，回頭一看，原來是幾個小時前才在刑事局見過的夏穹。

龍顯瞪了他一眼，接著又點起了一根香菸，對他說：「我除了討厭講官腔的人之外，也討厭跟屁蟲。」

「跟著你過來這點我向你道歉，那是因為我有很重要的事情非找你不可，請你原諒。」夏穹走了過來，將同樣沒撐著傘的右手，輕輕放在徐亞風的墓碑上，凝視了幾秒鐘之後，對龍顯說：「你我都知道徐警官為了什麼而死的，我也清楚在他離開之後，你有多不信任警察、不信任你周遭的所有人，更不相信你自己，因為你認為他是為你而死的，不是嗎？」

「沒錯，如果不是為了保我，他不會死。」龍顯抬頭看著夏穹，接著說：「你來的目的到底是什麼？如果是要說服我跟你們一起行動，我已經說過了，我幫不了你，事情要是牽扯到殺手獵人的話，追查下去就只有送死而已，你們國安局應該很清楚他的背後是什麼人，不是你一個探員和我這個廢物刑警惹得起的。」

「是嗎……我有點失望啊！當初拚到最後一刻，也不想徐警官死在殺手獵人手上的你，竟然變得這麼害怕他們。」夏穹呵呵冷笑了兩聲：「這時候我就不擺官腔直說了，龍顯，你真的很懦弱，根本不配站在徐亞風的墓前。」

「你說什麼？」龍顯怒不可抑的丟下雨傘站了起來，甩開夏穹的雨傘並揪住他的領子，惡狠狠地瞪著他。

似乎適時迎合了此時龍顯的怒氣，雲間落下了一道閃亮無比的雷電，其巨響撼動了整個天空，連雨都大了起來。

大雨中，兩人站在徐亞風的墓前一動也不動，被從天而降的滂沱大雨淋得濕透了一身，龍顯瞪著夏穹，而夏穹冰冷的眼神也從被雨浸濕的瀏海中透了出來，深深的刺進龍顯的眼中。

突然，龍顯右手一拳打破沉默，結結實實地打中了夏穹的臉，夏穹被他一拳打退了兩步，嘴角還滲出了一抹鮮血。

被人重重的打了一拳，夏穹不怒反笑，用手擦去嘴角流出來的血，直盯著龍顯看，看得他舉起手就要再給夏穹一拳。

「很好嘛！你還是會生氣，表示你是很不甘心的，不是嗎！」這次他不打算挨打，伸出了手接住龍顯的一拳，在雨中對他大喊：「徐亞風他也一定不會想要看到你這麼消沉的！」

「你懂個屁！」龍顯抽回右手，身體一個旋轉，用手背拳狠狠地打在夏穹另一邊的臉上，這突如其來的一拳把夏穹打得連站都站不住，雙腳離地朝一旁摔了出去。

「你懂個屁！懂個屁！懂個屁！懂個屁！懂個屁！」龍顯跨坐在倒地的夏穹身上，一拳一拳不停的在他身上招呼，中了第一記手背拳的夏穹腦袋還沒回復過來，只能使出最原始的防禦，拚命的護住自己的臉。

盛怒的龍顯越打越狠、越來越失控，可見夏穹果真深深地戳中他心中最不能揭開的傷痛，這其中包括對自己的無能、對夏穹的出言不遜，還有對周遭所有在他看來見死不救的人的憤怒，現在一股腦全部都發洩在眼前的夏穹身上。

「我是不懂……但是我也不是挨打的沙包！喝！」夏穹大喝一聲，本來護著右臉的手肘抓到龍顯連續出拳越顯疲憊的空檔，連著右腳向地一蹬的力量，重重的擊中他的胸口氣門。

被擊中的龍顯一口氣上不來，出拳也隨之停止，這時逮到機會的夏穹，用左腳重踩地面，使出渾身的力量將左手肘擊出，再次擊中他的氣門。

龍顯被這連續肘擊打退，向後倒在地上喘氣不止，這時甫站起來的夏穹才放下八極拳的起手式，伸手摸了摸自己剛剛被揍了好幾拳的臉。

他這幾拳打得還真狠，要不是自己有著八極拳的深厚底子，這下可能要被他打進醫院躺個好幾天了。

躺在地上的龍顯大口喘著氣，看來自己再怎麼能打，被眼前這個好手連續重擊兩次氣門，幾分鐘內是連站都沒辦法站起來了。

「龍警官，你說得對，我是真的不懂。」夏穹擦掉臉上的血，吐出一顆斷牙，露出疼痛的表情，接著說：「半年前，你至少還是個不擇手段想要為徐警官報仇的復仇之鬼，但現在我只在你身上看到，恐懼的懦弱身影。」

躺在地上動彈不得的龍顯瞪了他一眼，卻連一句話都說不出來。

「你半年前做了什麼事情我們都很清楚，你當初利用了殺手閻王，就差那麼一點，就可以手刃你最痛恨的殺手獵人，是什麼原因讓你變成現在這樣？」夏穹伸出手將龍顯拉了起來，扶到一旁坐下，還拍拍他的背幫助他緩過氣來。

龍顯大口吸了幾口氣，平復了呼吸，接著他抬起頭看了身旁的夏穹一眼，沒有了一開始的輕蔑。

這時，他才開始真正仔細的端詳這個年輕人，好好的一張臉被他打成這樣，既不生氣，也沒有反過來對他窮追猛打，而是繼續想要說服他，看夏穹腫到不行的臉還擺出如此堅持的表情，讓他想到了一個人，一個故人。

「你真是個白痴。」龍顯失笑，伸出了手，讓夏穹把他拉起來。

「大家都這麼說。」

6

新北市郊區，某棟遠離鬧區的豪華別墅裡，一個男人站在別墅二樓的落地窗前望著外面的天空，遠方的雨雲漸漸擴散到房子的正上方，雨也一滴滴的落了下來，越來越快、越來越多，然後傾盆大雨。

手中的黑色念珠用大拇指不斷撥著，急躁的表情完全隱藏不住的，在這留著光頭的中年男子臉上顯露出來。

與平常相同，一襲黑裝、黑褲的他，全身上下散發的卻是與平常不同，極為紊亂的殺氣，明顯得連身後的小弟都感覺得到。

這個男人正是統領全國最大的幫派東泊幫，人稱畚箕大仔的周淳風。

「媽的……」早上，周淳風一接到李殷世被謀殺的消息之後，就一直坐立難安，這個兇手殺人就殺人，還搞出這麼大的動作，而且好死不死的就是，那個錄音檔裡還有提到他的名字。

早在新聞還沒播報這起事件之前，早上刑事局就已經派了好幾個刑警來找麻煩，要不是有律師趕來擋著，現在自己搞不好就已經待在局裡喝咖啡了。

到底是誰，到底想要幹什麼？此時的周淳風不但一點頭緒也沒有，連叫身邊的手下出去收風，到現在也沒有一點消息傳回來。

「幹！」大罵一聲，他用力的將其中一顆念珠捏碎，接著憤怒的把整串念珠摔在地上，珠子噴得到處都是，驚得站在後面的小弟們身體一震。

「老大！」一個手下還來不及擦乾頭上淋濕的雨水，快步走進別墅二樓的客廳，大聲叫喚著。

周淳風回過頭去，問了一聲：「李仔，有消息了嗎？」

「目前還沒有，不過我們已經把所有人都打點好了，連 Ruse 那邊我們都放了委託，一定很快就會有消息的，請您放心。」被周淳風喚作李仔的男人如此說道。

Ruse 的能力，他是非常清楚的，別人都可以懷疑，就是這個老謀深算的老人足以讓他安心下來，畢竟這個非常時期，除了他之外，沒有一個是能夠找出兇手的最好人選。

長吐一口氣，周淳風揮揮手示意他離去，接著他喚了幾個小弟把地上的念珠撿一撿，自己則是走到客廳中央的沙發上坐了下來。

沙發旁的桌上擺了一整副高級茶具，其中一個壺剛裝好煮開的熱水，而原本就坐在那的另一名中年男子，一派輕鬆的拿起裝著熱開水的壺，倒進另一個放有茶葉的壺裡。

等到周淳風坐定時，茶都已經泡開了，坐在周淳風對面的男子，將第一泡的茶倒掉，接著又注入熱水，層層白煙隨之升起。

「做事就像泡茶，太急，喝了剛泡開的茶，既無味又燙嘴。」男子將第二泡的茶倒進杯中，遞給周淳風，接著說：「老大，別急，慢慢來。」

「你倒是很悠閒啊！阿狐。」周淳風喝了一口茶，讓杯中的甘味與回香，在口中、咽喉，還有鼻腔裡慢慢散開，心情也漸漸安穩了下來。

被喚作阿狐的這個男人名叫白福安，眉宇間散發出的是不同於一般黑幫份子的神態，沒有殺氣，而多了一點睿智還有書卷氣。

從創幫到現在的這幾十年來，他一直都是周淳風身邊的智囊，幫裡無論大小事都由他經手，江湖上人稱軍師白狐，也是他的兩大護法之一。

兩大護法，黑狼和白狐，鞏固著整個幫會的根基，一黑一白、一文一武，人稱黑白雙煞。想當然耳，周淳風對他極其信任，此時他說的慢慢來，更是最能夠安撫他紛亂心情的話語。

今早一收到李殷世被人殺掉的消息之後，幫內幹部沒有一個人可以說出像樣的提議，簡直亂成一鍋粥，只有白狐氣定神閒的像現在這樣泡著茶，撥了一通電話給

Ruse，接著安排幫內各堂口的人馬出去收風，頓時整個東泊幫就這樣靜了下來，不再慌亂。

有人說，東泊幫如果沒有白狐，在當年政府大力掃黑的時候，一定會就此消失，但他竟能輔助周淳風的幫會在這場掃黑風暴過了之後，勢力不減反增，順勢膨脹成全國第一大幫，能夠在國際上與國外的幾個黑幫平起平坐，白狐的功勞甚偉。

即便如此，白狐他很清楚，自己終究還是周淳風的手下，只能做第二，不能爭第一，處處以幫會、幫主為優先，因此周淳風對他一點戒心也沒有，更將整個幫會所有的決策都交給他，儼然一人之下，萬人之上的至高地位。

「悠閒？老大，你這句話就錯了，我現在可是很著急呢！」白狐喝了一口茶，輕輕笑了一下。

「著急應該是像我這樣吧！」周淳風搖了搖頭，雖然白狐跟在自己身邊這麼久了，不過很多時候，他的心裡在想什麼，真是一點都讓人猜不透。

周淳風喝完茶，放下了茶杯，拿起放在桌上的香菸，點燃之後大吸了一口，吐出濃濃的白霧。

「我著急的時候腦袋會亂，一亂就想喝茶，越亂我喝得越多。」白狐又喝了一口，說：「就像現在這樣。」

兩人一左一右面對面的坐著，在台灣黑幫擁有舉足輕重地位的兩位老大，在江湖上什麼都見多了，這次的情況倒是第一次遇上。

等了一整個早上和一整個下午，沒有任何消息，看不出兇手的目的，沒有威脅，沒有警告，什麼訊息都沒有，這點讓人找不出一點頭緒。

想要勒索他們的傢伙，都不會把事情搞到現在這樣，那些人不是一些偶然發現秘密的記者，就是一些貪錢的警察，通常這種人都非常好應付，金額不過分就直接付錢了事，貪得無厭的就讓他直接在這世界上消失。

只是，他們都不會把事情搞到像現在這樣，好像非得讓全世界知道不可。

太奇怪了，莫非有什麼其他的理由？

白狐思考得很出神，直到周淳風叫喚他好幾聲了，他才回過神來。

「阿狐，你在想什麼？」周淳風問道。

白狐搖搖頭，倒掉自己手中已經冷掉的茶，替他和自己又倒了一杯：「沒什麼，我只是在想，這個人可能沒那麼簡單，別的事情不做，一下子就要把事情搞這麼大，也沒提出實質的條件交換或是說明他的目的，我猜……」

「你猜？」

「殺了李殷世，公布他的罪行，就是他的目的。」白狐喝了一口茶，繼續說：「換句話說，如果他不是個收錢辦事的殺手，就是個按照自己的正義感行事的制裁者。」

「有什麼分別？還不是一樣都在殺人不是嗎？」

「老大，這你就錯了。」白狐臉色凝重地放下了茶杯，站起身朝落地窗的方向看過去，看著窗外的滂沱大雨，用他一貫的沉穩口氣對周淳風解釋道：「如果是殺手，那表示他只是收錢辦事，替人報仇，對方也頂多就是李殷世的政治敵人之流罷了，不足為懼。」

「但是……」白狐雙手背在身後，回過頭來看著周淳風說：「如果他不受雇，而是個自以為是正義的制裁者，那他就會不停的殺不停的殺，直到他所認為的惡人全被他殺光了，才會罷手，於是你、我，必定都是他的目標。」

「什麼？他還想殺我？」周淳風停下即將到嘴邊的茶杯，用力地放在桌上，杯中的茶還因此灑了出來。

「老大別擔心，我只是提出一種假設，不過……」白狐抬起頭，若有所思的放眼環顧著這偌大客廳裡，一字排開的眾手下們，瞇起了雙眼，接著說：「也不是不可能……」

入夜，雨漸消停，雖懷著忐忑不安的心情，但周淳風依舊召集了幫會內的幾個堂口的堂主，還有平常交情不錯的官員、律師，在別墅的一樓舉辦了飯局，準備商討接下來的對策。

一張大圓桌上擺滿了山珍海味，圍在桌旁坐著的人，全都是江湖和政壇上響噹噹的人物，東泊幫的影響力及勢力可見一斑。

而平常神龍見首不見尾，行蹤飄忽不定的黑狼，今晚也難得出席在這場飯局上，神色凝重地站在周淳風的右後方不發一語，全身上下散發出來的江湖煞氣，令人不敢小覷。

「今天請各位來，主要是商討接下來要如何為畚箕大仔，好好度過眼前的這個關。」等所有人坐定之後，坐在周淳風左手邊的白狐，率先提出今晚飯局的目的，接著舉起手請大家用餐。

大家邊吃邊說，討論了一段時間之後，席間一名律師向白狐提問：「白狐老大，雖然說免不了被檢方提告，但是錄音什麼的一點效力都沒有，現在李殷世死了，誰也沒辦法一口咬定那個就是他的聲音，就算是，那也不能證明什麼，也可以說是李殷世自己自言自語被錄下來的，既然那個關鍵的五百萬還沒匯到幫會的戶頭，檢方一點證據都沒有，所以一定沒事的。」

「真的嗎？」周淳風聽了之後略顯振奮，連忙拍拍白狐的肩膀，連說了好幾次太好了。

白狐點了點頭，微笑，接著問向席間另一位平時交情不錯的年輕檢察官：「小高，你怎麼看呢？」

這名被白狐喚作小高的檢察官叫做高聯成，只有25歲，可說是相當年輕，會協助東泊幫，主要是因為父親因為好賭，三年前在東泊幫的賭場欠下鉅額賭債，當初為了保護父親，剛成為檢察官的他答應了白狐的要求，協助幫會在各種案件的訴訟下秘密操作，這幾年幫他們隱藏了不少骯髒事。

「我贊同劉律師的說法，目前攤在檯面上的證據太少了，地檢署可能連搜索票都開不出來，更不用說提告了，所以今天刑事局也只能派幾條狗來這邊吠不是嗎？放心吧。」高聯成冷漠地說著，拿起桌上的酒飲了一口。

看見律師和檢察官都胸有成竹的說沒事了，周淳風喜出望外，邀眾人歡喜暢飲，在他的眼中，沒有什麼比條子拿他沒輒最重要了，幾十年前如此，現在也是，只要都像之前一樣躲過這一關，一切都會沒事的。

「哈哈哈！大家喝，盡量喝，不用給我面子！」周淳風不停追酒，喝得醉醺醺的，所有人也連忙恭喜他。

「大仔，恭喜啊！」

「周老大，不用擔心啊！」

在一片歡樂的氣氛中，只有三個人的表情跟所有人都不一樣，一個是本來就沒什麼表情的年輕檢察官高聯成，另外兩個就是周淳風身邊的左右手，白狐和黑狼。

酒席到一半，兩人就一前一後離開飯廳走了出來，先出來的白狐靠在大門的欄杆上，抽著他的菸斗，而黑狼默默的走近，在他身邊停下了腳步。

「在想什麼？」白狐吐出一口煙，沒有回頭看黑狼。

「跟你想的一樣。」黑狼難得吐出今天的第一句話。

「對老大來說，最大的威脅不是條子，是那個不知道躲在哪裡的殺手。」白狐眼睛沒有離開過前方，那富麗堂皇的別墅前庭，但他卻不是在欣賞眼前的風景，他看的是遠方的那片黑暗，在那片黑暗裡，有一個未知的威脅，正在步步逼近，他彷彿可以聽見那不可知的黑暗腳步聲。

「我知道，所以我才回來。」黑狼微微彎著腰，把手肘靠在欄杆上，和白狐一起看著前方的黑暗。

「真可靠，我不會打，保護老大就全靠你了。」白狐吸了一口菸，緩緩吐出來，兩人身影被團團的白煙圍繞著，就像他們的命運，從來就和東泊幫密不可分，緊緊的纏繞在一起。

有幫會才有他們，在周淳風身邊待了這麼久，這裡就是他們的家，為了守護這個家，他們不惜犧牲自己的生命，也不能讓它受到一點傷害。

7

吹著口哨，左手插在口袋裡面，右手食指穿過便利商店塑膠袋的雙耳，旋轉著袋子和裡面的內容物，一派輕鬆的KH慢慢散步回家。

態度寫意的他，看似完全不在乎今天發生的事情，其實他在三十分鐘前才剛從殺人現場離開而已。

「嘖……」傍晚時分，雨剛剛才停，李殷世家附近的路燈漸漸亮了起來，KH站在離門口十幾公尺外的其中一根電線桿旁，靜靜的觀察警方的動向。

李殷世的妻兒早上到警局做完筆錄之後，便回到家裡收拾行李離開，應該是要暫時搬到他們在市區的另一棟房子吧，總之犯案現場就只剩下一些鑑識人員、刑警，還有媒體和好奇的街坊鄰居們。

他撓撓自己的頭，抽著菸，不時的打著哈欠。

「到底還要多久……」將一根香菸丟到地上踩熄，在附近晃來晃去等待時機的他，已經在這耗了三個小時以上了，有時候當他以為人要走光的時候，又會來一批人，有時候是鑑識科、有時候是媒體，搞得他很不耐煩。

終於，在太陽完全下山，路燈都亮起來了之後，所有在現場的人一個一個的離開了，只留下兩個站在門口封鎖線前的留守警察，其他一個人也沒有。

機不可失，等待許久的KH立刻貓步向前，跳上李殷世家的圍牆，亦步亦趨的走到大門口，也就是兩個警察的正後方。

縱身一跳輕輕落地，唰的一聲引起了兩名警察的注意，連忙回頭一看，沒看見任何人，低下頭才發現一個穿著黑大衣的男人蹲在地上，還弓著身，雙拳緊握收在腰際上。

KH抬頭對他們一笑，接著雙腿像彈簧一樣用力的向上一蹬，原本放在腰際的雙拳也順勢擊出。

「你是誰……呃！」雙倍的昇龍拳，重擊了兩名警察的下顎，突如其來的攻擊讓他們完全來不及反應，連個像樣的閃躲和防禦都做不出來，就被KH一拳擊昏。

拉著兩個昏死過去的警察的領子，KH把他們兩人慢慢的拖進封鎖線內。

咬著牙，雖說是用拖的，但一次兩個人的重量可不輕，蹲在地上的他一步一步的後退，直到把兩人拖到草地上了，他才鬆了手，站起身來。

「搞定。」KH拍了拍其實沒有灰塵的雙掌，插進口袋裡面之後，便朝李殷世的家裡走去。

拿出懷中的手電筒，KH不敢隨便開燈，萬一讓附近的鄰居或是路人發現有異狀，自己的處境就危險了。

踮起腳尖，緩緩的走在充滿腳印的室內，地上來來往往的腳印雜亂無序，應該都是白天進出的警方和鑑識人員踩的，但大抵可以從腳印的方向循跡到李殷世被殺的地方，畢竟這次警察消息封鎖得很徹底，連媒體到現在都還不知道他是在家裡的哪裡遇害的。

應該還有一點來自高層的施壓吧！不然平常只留下兩個警察看守著，那些喜歡羶色和血腥場面的媒體怎麼可能不偷溜進來亂拍一通，如果有這麼多人來，自己現在也就沒有這麼好溜進來了。

現在想想，死的是這麼大一號人物，還真是在某種層面上給了自己最大的幫助。

KH邊走邊觀望這棟偌大的豪宅，坐落在高價地段，獨棟透天，剛剛勘查地形的時候，發現這裡的佔地竟然要比附近其他住家還要大上一倍，連庭園造景看上去都是出自名家之手，光是這樣花的錢都不止一個億了吧！更別說裡面這些富麗堂皇的家具和裝潢了。

利用政治之力，東摳摳西挖挖，搞了這麼多民脂民膏來滿足自己的私慾，累積了這麼多權力和財力，一定會惹來許多仇家，看來被找人偷偷做掉也只是在意料之內。

沒走幾步就來到事發現場的客廳，KH移開黃色封鎖線走了進去，手電筒往前一照，每個角落都可見到鑑識科留下的數字三角牌，地上也畫有李殷世倒地的粉筆記號。

再往前望去，映入眼簾的便是一幅駭人的場景。

遍布滿地的乾涸血跡，在原本米白色的高級羊毛地毯上，染成參差不齊的暗紅圖案，這幅用人命潑灑出來的黑暗畫作，在只有手電筒的照明之下看起來格外詭譎慎人。

KH 蹲在地上看著現場的慘況，表情凝重地思考著。

「聽說那個姓李的被人砍了十幾刀，最後一刀是插在心臟上面，連刀子都沒有拿走，真的是有夠囂張的，而且看地上的血量這麼多，可能除了致命傷之外的那十幾刀，都是割在動脈讓他放血，等他血被放得差不多，沒什麼力氣了，最後一刀再用力插在心臟上，讓他受到劇痛而死。」他心中暗忖。

這個買兇殺掉李殷世的人到底跟他有什麼深仇大恨，才想得出這種只存在古代的凌遲手法，只差沒有把他的肉一塊一塊削下來了，如果是這樣，這個神經病幹的案子他絕對連碰都不想碰。

話說回來，撇開行兇動機，這個殺人執行者的手法是很熟練沒錯，能在一個人身上割這麼多刀還讓人不死，毫無疑問是個行家。

但是以四周凌亂的樣子，家具倒的倒、破的破，客廳沒有一處完好的，矮凳和還有其他可以拿在手上防禦的東西，看來都被拿起來使用過了，這裡毫無疑問有過一番打鬥。

真正的行家會讓一個目標反抗成這樣才使他就範嗎？這不是只有菜鳥不小心暴露行蹤後，才會有的逼不得已的收尾方式嗎？這個矛盾的地方使他百思不得其解。

KH的思考沒有持續太久，因為就在這個時候，已經有人發現這裡被人闖入，衝進來了。

「不許動！」來人將手電筒和槍口對著客廳裡，大喊。

十分鐘前，同樣一條街道上，KH才進到李殷世家裡沒多久，街口就走來了兩個人影，一左一右。

臉上貼滿了OK繃的是幾個小時前才被龍顯爆打一頓的夏穹，而依舊一臉肅穆抽著香菸，走在他旁邊的則是龍顯。

兩人離開第一公墓之後，一起到警察醫院做了簡單的包紮，龍顯很明顯的只有因為被夏穹那兩記肘擊而打得喘不過氣來，過一會就好了，反而夏穹因為在公墓時被他打得摔來摔去，臉上和身上到處都是傷口。

「我說啊……別隨便製造無意義的傷好嗎？」醫生在看過兩人的傷勢之後，很不客氣的對這兩個一身濕透的警察和特務翻了個白眼，說道：「去去去！別在這邊礙我眼。」

「老邢，別這樣嘛。」龍顥很不好意思的用食指抓了抓下臉頰。

醫生叫做邢川，大家都換他老邢，是這所醫院最老手的外科醫生，技術好得沒話說，是每次出勤都愛衝第一的龍顥常來找的醫生。

老邢常常醫治重傷的犯人和警察，但對這位「常客」，總是覺得既好氣又好笑，因為龍顥有一半來找他的原因是因為氣不過跟犯人打架，或是跟同僚打架這種無聊的原因，所以每每說話都不會給他留面子。

但在他的心中，他還是很敬佩這位敢用生命去維護正義的好警察的，畢竟這種人已經不多了。

還記得三年多前的夜晚，龍顥頂著滿頭大汗，把胸口被子彈打穿的徐亞風揹到醫院，連救護車都沒有叫，就急急忙忙的用跑的衝進醫院大吼大叫，引來所有人的注意。

當初值班急診室的老邢從龍顯手上接過亞風的時候，他早就已經斷氣了，可是龍顯還是不斷請求自己無論如何都要救活他，當時龍顯臉上的悲傷以及絕望，還有那滿臉的淚水，讓他始終難以忘懷。

幾年後，望向龍顯和夏穹離開的背影，他發現龍顯身上的悲傷還在，但恢復了昔日的光芒。

兩人離開醫院後各自回家，沒有再多作交談，天空依舊下著滂沱大雨，剛沖好一場熱水澡的龍顯走到臥室的落地窗前，看著被大雨覆蓋的鋼筋混凝土城市，回想著夏穹在公墓裡說的話。

一場案件，引出的是自己一直都忘不了的回憶，他傷痛過，也反抗過，但從來就沒有成功過，四年前如此，半年前也一樣，殺手獵人在他的人生裡到底是一個驚嘆號，還是一個句號？再一次接近殺手獵人的這個時刻，他的腦子裡卻充滿了問號。

殺手獵人真的就會被這樣引出來嗎？這次真的能夠替亞風報仇嗎？繼續深入最後看到的會是自己的死期嗎？

所有的問題他一點答案都沒有，原本他也可以撒手不管，但夏穹的出現，卻讓他又再一次燃起了想為好拍檔報仇雪恨的想法。

在兩人前往醫院的途中，龍顯在車上問了夏穹，為什麼他會對殺手獵人如此執著，不惜要冒著生命危險繼續追查，也要來說服自己。

「其實如果龍警官不幫我，我也是打算自己追查下去的。」夏穹說。

「所以我才問你為什麼。」龍顯問道。

「沒為什麼，為了正義。」坐在副駕駛座的夏穹看著窗外，如是說。

是啊，正義。

當初和亞風一起捨身追查 KH 還有 Ruse，求的不就是一個正義嗎？他們倆不顧危險，深入與光明世界完全相反的黑暗之地，就是想把這個大魔頭還有他的最強武器連根拔起。

「正義……」龍顯輕輕一拳打在落地窗上，眼神異常堅決。

龍顯過去這幾年來，所做的一切都是錯的，尤其是半年前那件利用閻王想要殺死 KH 的計謀，更是錯得離譜。

身為一個警察，就該用他最適合的方式來做。

此時此刻的他，已決心投入這場隨時都有可能會喪命的戰役，不為報仇，不為自己，不為任何人，單純是為了正義。

正義為名，無所畏懼。

8

一通電話，沒有夏穹手機號碼的龍顯直接打到國安局，用迂迴的方式連絡上了他，兩人相約在李殷世家附近的街口見面。

站在巷口，下午那傾盆大雨早已停歇，柏油路上的雨水未乾，凹凸不平的路面因水而倒映出身後那五光十色的霓虹燈，眼前，卻是只有橘黃色路燈照映的黑暗街道，有如他即將前往的，黯淡無光的未來。

「龍警官！」第三根菸抽到一半，夏穹趕到，臉上滿是OK繃的他，配上那張清瘦的臉龐、堅毅的雙眼，看上去反而有點滑稽。

「哼。」龍顯輕笑一聲，用香菸頭指向前方一棟豪宅說：「就是那裡了。」

「其實我有點驚訝。」兩人走向李殷世家的時候，夏穹向龍顯說道。

「驚訝什麼？」龍顯又吐了一口菸，白霧瀰漫。

「當我去到刑事局，向署長表明我的來意之後，他們沒有一個人是贊成我的意見的，尤其是署長。」

「為什麼？」

「因為他們覺得我絕對沒有辦法說服你，因為……」

「因為？」

「因為你脾氣太臭了，他們說從以前到現在，你只聽得下一個人的意見。」夏穹停下腳步，看著龍顯說：「就是徐亞風警官。」

「媽的……這個臭小平頭，整天老是愛說我壞話。」龍顯把香菸丟在地上踩熄，沒好氣的說。

此時，兩人已經走到李殷世的家門前，周圍空蕩蕩的毫無一人，只有黃色封鎖線把李家的門圍了起來，讓龍顯感到很疑惑。

再怎麼說都要有人看守吧？現在這是在幹嘛？是想要擺個空城計嗎？

「刑事組龍顯！有沒有人在？喂！」叫喚了好幾聲都沒有人回應，龍顯皺起眉頭，觀望了門內偌大的庭院幾眼，看見了不尋常的東西。

用手撥開封鎖線，龍顯直接跑了進去，夏穹不明就裡，但還是趕緊跟上他的腳步，進了李家大門。

兩人一前一後進了大門，立刻就發現被KH打暈的兩名警察躺在草地上，龍顯伸出右手手指探了探他們的鼻息，知道他們還活著之後，就打了通電話通報局裡，而他自己則拿出放在口袋的手槍，上膛。

夏穹也跟在龍顯之後，拿出自己的手槍，還有兩支小型手電筒，一支遞給龍顯，一支自己拿在手上。

不同於龍顯拿起槍就上前開了門準備進去，夏穹先用手電筒照向庭院，草地上雖然濕漉漉，卻沒留下任何可輕易辨識的腳印。而原本會自動開啟的庭院造景燈，也被刻意的關上，使得這裡一片漆黑，

這些都極有可能是侵入者不想張揚的刻意為之，如此小心翼翼，來人絕不簡單，至少那些可能會想偷偷摸摸溜進來的記者更不可能做到這種地步，更別說出手把警察打昏了。

種種跡象，都代表這個入侵者一定不是個泛泛之輩，是兇手？還是KH？不管哪一個都很危險。

「龍警官，小心點。」夏穹跟上甫進門的龍顥，提醒了他一聲。

「嗯……我知道。」龍顥應了一聲，慢慢地轉動大門的門把，看了看裡面之後就走了進去。

幽暗的玄關連結著進入一樓空間的走廊，屋子內沒有任何光源，龍顥右手握著槍，左手反手抓著小型手電筒，一步步的往前進。

走廊一進來就是一扇門，向內半掩的木製門裡黑暗的空間，龍顥將光線照進去，裡面有一座馬桶、洗手台，和一面鏡子，原來這裡是一樓的公用廁所。

廁所內空間不大，但龍顥還是走進去看了一圈，確認內部沒有躲人後才走了出來。

走出來後，他對站在外面的夏穹搖了搖頭，表示裡面沒有異常。

正當兩人準備再更深入的查看時，黑暗中突然傳來很輕微的唰唰聲，就像有人把腳掌拖在地上走路一樣。

這幾不可聞的聲音龍顥沒有注意到，但被從一開始就很專注地盯緊四周動向的夏穹聽到了，他連忙搭住龍顥的肩膀，對他做出了個噤聲的手勢。

本來要繼續往前走的龍顥被這麼一停，才發現這黑暗中傳出來的極細微的腳步聲。

夏穹閉上眼睛，仔細地聆聽聲音來源，過了幾秒鐘，他才張開雙眼，指向客廳的方向。

龍顯點點頭，不等夏穹反應過來，舉起槍和手電筒就朝客廳大步衝了過去。

「等一……唉……」夏穹來不及叫住龍顯，只好也舉起槍隨後跟上。

「不許動！」龍顯將手電筒和槍口對著客廳裡，大喊。

夏穹隨後跑到他的右側，也做起一樣的動作，手電筒的光源掃過剛剛發出腳步聲的客廳，但兩人放眼望去，除了一地的乾涸血液、還有白天鑑識科做的記號之外，沒有看到客廳有其他人在。

龍顯皺起了眉頭，和夏穹在客廳裡慢慢地移動，翻倒的沙發、茶几後方、電視櫃旁全部都搜尋過了一遍，就是沒有看到半個人影。

握著槍，他走到客廳的落地窗前，左手掀開了窗簾，眼前那已經被打開了一條縫的窗門、還有空蕩蕩的庭院說明了一切，入侵者早已在兩人到客廳前逃走了。

「媽的，溜得真快。」龍顯忿恨的把窗簾甩了回來，回頭看見蹲在地上，正在端詳四周的夏穹。

「你在看什麼？」龍顯問。

「這些家具都是入侵者弄亂的嗎？」夏穹指了指四散的家具。

「不是吧。」龍顯看著沙發後方被做記號的線，說：「應該是李殷世跟兇手打鬥才會變成這樣子。」

「專業的殺手，會讓目標反抗到這種地步嗎？」夏穹端詳著沒有一處完好的客廳，腦中不斷地思索著。

「可能是個菜鳥吧！」龍顯收起槍就要朝門口走過去。「這裡這麼黑也看不出個什麼所以然，我們先回去吧！明天一早到鑑識科那看報告好了。」

「說的也是。」夏穹站了起來，拿起手電筒跟上。

「呼……」在確定龍顯和夏穹兩人離去後，KH才從客廳落地窗外的屋簷上跳了下來，拍拍自己的胸口，鬆了一口氣。

雖然不知道為什麼還會有警察來，不過，好在剛剛那個警察在門口就大聲亂喊一通，讓自己可以提早有個準備開溜，真是千鈞一髮。

「該走了。」四處觀望一下，確保沒有任何人在附近，KH跑到庭院的圍牆旁，雙手上攀，縱身一躍，靈巧地翻過了圍牆離開李家。

李家的圍牆外緊鄰著一條小坡道，坡道的盡頭就是後門，這裡應該是平常車子進出的通道吧，KH為了避免剛剛那兩個不知道哪裡來的條子又調頭回來，於是沒有想多作停留的準備離開，只是他才正轉向連接馬路那一端的巷口時，一支不知道什麼時候就掛在牆邊的行動電話突然響了起來，嚇得他全身一震。

暗巷裡鈴聲大作，偷偷潛入這裡的他自然不能讓別人注意到這裡，何況這手機出現的地方，還有來電的時機太過巧合，分明就是故意要讓他接的。

KH無奈的嘖了一聲，伸手將電話拿了起來，按下通話鍵。

「KH，你好。」電話接通之後，另一頭傳來很明顯用變聲器處理過後的聲音。

「你是誰？」KH臉色鐵青，警戒的問。

9

幽暗的小巷坡道上，穿得全身漆黑的KH靠在牆邊，手中拿著剛接通的電話聽著，一邊警戒四周圍的動靜。

「不好意思，我忘記自我介紹，我是 Ruse 派來協助你的偵探，叫我 WU 就可以了。」電話另一頭的人說著。

「我不記得我有說過需要你的協助，再說，你怎麼知道我在這裡的。」KH 壓低了自己的聲音說。

「秘密。」電話另一頭彷彿還傳來輕笑聲。

不知道為什麼，KH 突然對電話那頭的人感到非常厭惡，不管他有多麼神通廣大也好，是 Ruse 派來的幫手也好，這個當下他完全不想跟這個人多講任何一句話，於是他就很果決的把電話掛斷了，再把它給關機。

「呼！心情舒暢多了！去買個東西來吃好了。」KH 把已經關機的電話收進口袋裡，踏著輕鬆的腳步離開了巷子。

夜深了，下過雨後的溫度，隨著向天空蒸散的水氣被帶走，令晚風吹拂過的周家大別墅，顯得更寒冷難當。

縱使如此，別墅裡外還是站滿了人，不畏寒冷的警戒著四周。

因為這裡有一個他們無論如何都要保住的人。

晚宴後，被周淳風邀請來的客人都悉數離去，而他自己也在飯局進行到後段時，不勝酒力的醉倒在飯桌上，被兩三個小弟扛回房間休息。

這個夜，唯有他一個人，敢如此放下戒心，其他人可就沒這麼輕鬆了。

在白狐的安排之下，別墅內內外外佈滿了重重戒備，幾乎每十公尺就有一個揹著長槍、身上還不止一把槍的幫會小弟在站崗，為的就是排除一切可能對周淳風不利的人悄悄摸進來。

而黑狼則是帶著幾名精銳打手，不停的在別墅範圍裡巡邏，深怕有任何一個地方有所遺漏，那後果將是不堪設想。

站在燈火通明的二樓大廳落地窗前，左手端著一杯還冒著熱氣的茶，右手背在身後，白狐神色凝重，一語不發。

看著窗外前庭，站著密密麻麻的人，還有那不斷穿梭在其中的黑狼，白狐心中似乎在盤算著些什麼。

在這樣重重戒護下過去了好幾個小時，時間已經來到了午夜，為了不讓戒備工作因為人員精神上的鬆懈及睡意而受到影響，白狐拿出口袋中的無線電對講機，按下通話鍵說：「黑狼，在嗎？」

「我在你正下方。」剛好走到大門處稍作休息的黑狼拿著對講機，抬頭往上看，和白狐視線交會。

「差不多該換班守衛了，讓這一批兄弟們下去休息吧！」接著他回頭望向早在二十分鐘前已集結在大廳的數十名小弟們說：「你們下去跟他們換班。」

「是！」異口同聲的應答之後，他們便轉身魚貫地離開大廳。

天氣無常，原本已經幾乎看不見烏雲的天空，卻在這個時分又再次集結起來，閃爍的星星隱沒，皎潔的月光被遮蔽，就像在告訴所有人，有什麼事情即將要發生了。

一滴一滴的雨水，沒有等候誰準備好，就恣意的又落了下來，大家手忙腳亂地拿起雨傘、穿起雨衣，剛好在屋簷下的人就比較幸運，有些往後挪個半步離開雨陣，這時候站在屋內戒備的人就更加鬆了一口氣了。

「這場雨真是詭異……」站在大門口外戒備的黑狼看著天空，眼皮突然一個抽動，全身起了雞皮疙瘩。

而另一個人，白狐，同樣看著天空、同樣的茶、同樣的嚴肅表情，卻有著這麼一點不同。

就好像，在等著什麼一樣。

毫無預兆，遠方的天空之上落下了一道閃耀的白色光芒，照亮了整個夜空，接著是響徹萬里的巨大雷聲。

然後再一道、再一道，震耳欲聾的轟雷巨響震人心神，而其中一道白色閃電落在別墅附近，強烈的閃光瞬間奪去眾人的視線，與此同時，別墅裡外所有照明也全部消失，周圍頓時陷入一片黑暗。

突如其來的大停電讓大家慌了手腳，紛紛朝房子裡面看過去，在場只有一個人異常冷靜，就是站在門口的黑狼。

「不要慌！站好！」黑狼第一時間立刻大聲指揮所有小弟，讓大家站回該站的位置，接著他對身旁的其中一個人說：「進去看一下總電源有沒有燒掉，沒有就重新打開。」

「是！」那人應了一聲，轉頭開了門就進去。

看著四周圍黑壓壓的一片，此時的黑狼感到異常緊張，應該是從入夜開始，他就一直無法安心，不知道為什麼，他感覺今天一定會有事情發生。

這種感覺隨著夜越深越強烈，直到現在，他覺得他的心臟都好像被捏住一樣，連呼吸都很困難。

這種有如哽在喉嚨的不安感覺沒有持續太久，因為就在剛剛那個人進去沒多久，別墅後方就傳來清脆的玻璃破裂聲。

雨聲之下，他不確定自己有沒有聽清楚，但這種強烈的不安情緒之下他沒辦法做太多的判斷，於是他一個回身，拔腿直衝進別墅裡。

「黑狼老大！你要去哪裡？」

「老大！」

「裡面很黑啊老大！」

離他最近的幾個小的來不及擋下他就讓他衝了進去，只來得及喊上幾句。

「叫全部人不准動！我上去大仔房間看看！」黑狼邊跑邊喊道。

「站好站好！」對底下的小弟喊了幾聲，接著看著自己老大迅速隱沒在黑暗中的背影，他們只好把門帶上，繼續守著。

黑狼在黑暗中狂奔，越過一樓大堂、樓梯，再來到二樓，本想喊上剛才站在落地窗前的白狐，但他心中的不安太過強烈，促使他連停下腳步的時間都沒有，直接越過大廳的門，朝往三樓周淳風房間的方向前去。

究竟有沒有人闖進來，他不知道，甚至他根本沒有確認一樓玻璃到底有沒有被打破，他只知道他背後冒出的冷汗不會是假的。

雖然加入東泊幫還不到二十年，但是整個幫會裡最能打的他，自認什麼大風大浪都見過，他非常相信自己的直覺，也是因為這個異常敏銳的直覺，救了他自己好幾次。

不管是剛入幫會時，面對四方原有勢力的挑戰，還是偶有幾次面對想暗殺周淳風、白狐，還有自己的刺客，甚至有一次中計在暗巷中被敵對幫派的圍堵，他的直覺都讓他化險為夷，也是他活到現在的原因。

這到底算不算是一種特殊能力？黑狼從來沒有深究過，他只知道這個強烈的直覺，把他從遙遠的東南亞帶了回來，現在他要靠這個從來沒有出錯過的能力，挽救被自己當成是家的幫會。

衝到三樓，只見周淳風的房門口還站著兩個小弟，黑狼一看是熟面孔，便放慢腳步走了過去。

「黑狼老大。」

「老大。」兩個守門的黑衣男子對黑狼行了個禮。

「有沒有看到什麼奇怪的人?」黑狼邊喘著氣邊問道。

「報告老大，沒有。」其中一個人回道。

「那就好，剛剛樓下好像有人闖了進來，我要進去看看大仔有沒有事。」點了點頭，黑狼走向門口，伸手轉開門把。

「是。」兩人向一旁退開一步，讓黑狼走過。

應該是方才喚去檢查總開關的小弟重新把電源打開了，剛好這時候整個別墅和外面恢復所有照明，也讓他可以看見房間裡的樣子。

「什麼?」黑狼走進房間一望，竟沒看到原本應該躺在床上的周淳風，他著急在房間裡轉了一圈，廁所、衣櫃都打開來檢查，卻連個影子都找不到。

「喂!你們……」走出房門口正想質問剛剛站在外面的那兩個人，這才發現白狐也上了三樓，剛剛那兩個小弟就站在他的身後。

白狐一語不發，雙手背在身後，嘴上露出若有似無的微笑，直盯著滿頭大汗的黑狼看。

「你幹了什麼？大仔呢？」看到這樣的白狐，他心裡已經有底了，也知道自己現在的處境非常危險。

白狐沒有說話，只是往前走了幾步，來到黑狼的面前。

「你到底想幹嘛？」黑狼瞪著他。

「我想要做的事情，是你這個莽夫不會懂的。」白狐冷冷的說。

「他是我們的大仔！」黑狼緊握著自己的雙拳，氣到連身體都不自主的抖動著。

「所以我才要這麼做，而現在的阻礙，就剩你一個。」白狐抬頭看著怒氣很明顯已經快到臨界點的他，露出陰險的微笑。

「所以你搞這些事，就是想幹掉大仔、幹掉我？」

「你錯了，我只想幹掉你，想幹掉大仔的……是他。」白狐用下巴點了一下黑狼的身後，黑狼背脊一冷，迅速回頭過去。

「滋」的一聲，黑狼回頭過去什麼都沒看到，只感覺到全身一股痠麻的刺痛，便失去意識，跪倒了下來。

而在他身後，就是手中拿著電擊棒的白狐，電擊棒的兩極中間，還閃著藍色的電光。

「這樣你都被騙，都說你是莽夫了……」白狐搖搖頭，放下電擊棒，接著從腰間抽出一把刀子，雙手握刀，半跪在地上朝他的左胸口猛力一刺。

「呃啊！」劇痛使黑狼從昏厥中瞬間恢復過來，他看著面無表情的白狐，手中握著的刀不偏不倚的刺在他的心臟部位，還噴出了大量的鮮血。

「乖乖的去死吧。」白狐自知老了，單憑武力絕對勝不過他，精心佈了這麼一局，這下這把刀一刺下去，再能打都沒有用了。

加重力道再往下一壓，鮮血向外濺在白狐臉上，更顯得他的表情有多麼陰狠，黑狼痛苦的舉起右手，使盡最後的力氣想要掐死這個叛徒，卻頂多只能讓自己的手停在他的脖子上顫抖，連想出力掐下去都做不到。

「我幹你……」黑狼最後終於脫力放下了手，頭也倒向一旁，真正斷了氣。

「嘶……」手鬆開刀子，白狐甩甩自己用力過猛的手，站了起來。

「把他拖走。」白狐說。

「是！」兩名小弟走上前，合力將黑狼的屍體抬離。

而在屍體完全離開自己的視線之前，白狐看著他，低聲說了一句：「我沒騙你，大仔真的不是我要幹掉的。」

「我這一切，都是為了幫會好啊……」走到三樓的窗邊，看著窗外依舊下著雨的夜，白狐嘆了一口氣之後，離開周淳風的房間。

10

雷雨交加，萬里水簾，整個台灣北部被籠罩在寒冷的冬雨之中，在這個深夜裡，大部分的人早已進入夢鄉，絕沒想到，在這個時候，城市中最黑暗的一幕，才正要上演。

一間坐落在半山腰，早已經被遺忘許久的廢棄鐵皮屋，周圍佈滿了雜草、垃圾，還有不知道堆了多長時間的廢棄物和垃圾。

原本不會有人煙出現在這裡的被遺忘之地，現在卻從窗戶中透出微微的光線，而外面也停著一部，與周圍破敗景色對比起來完全不相符的黑色新廂型車，後方排氣管已經沒有熱氣，看上去已經停了一段時間。

鐵皮屋內只有兩個人，其中一個穿著黑色連帽外套，看不到面容，衣服也是一身漆黑，正專注著架起攝影機的三腳架，確認拍攝角度以及屋內的光源。

而攝影機的鏡頭，就正對著屋內的另一個男人，坐在椅子上一動也不動的他，彷佛完全不知道自己的處境，正睡得香甜。

而這個人，正是那名黑衣人在一個多小時前，從周家別墅帶走的周淳風。

架設完攝影機之後，黑衣人走到熟睡的周淳風身後，開始擺弄後方腐朽的鐵桌上，早已準備好的各式道具，就等著他醒來。

約莫又過了幾分鐘，正當黑衣人邊看著鐵皮屋那已佈滿灰塵的窗戶外，雷電交加的畫面邊等待時，周淳風醒了過來。

強烈的寒冷感迫使爛醉的他不得不從睡夢中甦醒，半夢半醒的他正想著要拉棉被過來蓋時，才發現自己根本不是躺在床上，而是坐在一張冰冷的鐵椅上。

帶著剛酒醒的混亂與疑惑，周淳風試著移動他的四肢，卻驚覺自己已經牢牢的被固定在這上面，完全動彈不得。

用力的掙扎了一下，固定著手和腳的枷鎖依舊紋絲不動，這時他才感覺到不妙，開始慌張的轉頭望向四周圍。

鐵皮屋裡唯一的光源，來自他正上方，從天花板垂吊下來的老舊電燈泡，在微弱的黃光照射之下，封閉的鐵皮牆壁和佈滿灰塵的桌椅、破敗的鐵床和床墊，還有地上的昆蟲、老鼠屍體，帶給了他一種名為絕望的視覺衝擊。

每吸進一口空氣，濃濃的灰塵和潮濕令人作嘔的腐敗味道，就這樣源源不絕地進入他的鼻腔和肺泡裡，讓他差一點就要把晚餐吃的所有東西，都給通通吐了出來。

要是他看過《奪魂鋸》的系列電影，搞不好還會以為接下來，眼前那部被隨意擺放、滿是灰塵覆蓋的電視，會出現一個恐怖的腹語娃娃，對他說：「I want to play a game.」

不過，雖然這裡不會發生電影裡的情節，但也絕對不會好到哪裡去。

「鏘」的一聲從周淳風的背後響起，加上在這個鐵皮屋裡的回音，顯得異常慎人，他嚇了好大一跳，整個人都震離椅子，差點沒嚇到尿出來。

「你是誰？想做什麼？」不過在江湖上闖蕩多年的他，當然不會只有這樣的膽子，才花了幾秒鐘回復心神，立刻知道他身後是有人的，壓低了聲音試圖在心理和生理都給自己多一點鎮定，好恢復他一代黑道梟雄的本色，不能被把他綁來這裡的人把自己瞧扁了。

又是「鏘」的一聲，這次他沒有像第一次一樣受到驚嚇，而是靜靜地聽著聲音的來源。

應該是金屬敲擊的聲音，這附近都是鐵桌，看樣子是後面的人用刀子敲在鐵桌上發出的聲音，接著後方傳來的是刀子在桌上刮的聲音，越來越近。

向左後方回頭，周淳風看見一個全身黑衣的男子，手上拿著一柄閃閃發亮的尼泊爾彎刀，慢慢地走到他面前來。

臉被連帽外套遮住的黑衣男，在走到周淳風面前時，還很小心的沒有擋到自己架設好的鏡頭，接著他停下了腳步，把刀子放到身旁的桌上。

「你是幹掉李殷世的那個殺手嗎？」周淳風瞪著他。

「是。」黑衣男聲音依舊低沉沙啞。

「誰派你來的？說！我給你兩倍價錢，回去幫我幹掉他！」周淳風握拳。

「……」黑衣男沒有說話。

「兩倍不夠是不是？三倍、五倍、看你要多少都給你！」周淳風接著說：「你幹這個還不是為了錢嗎？你拿了我的錢，去把他幹掉，我再讓你在我的東泊幫裡當個金牌打手，這條件優渥吧！一輩子不愁吃穿，還有老子我畚箕大仔罩你，以後誰也動不了你！」

周淳風自認為可以說服打動這眼前的黑衣殺手，但很顯然的，他完全錯估形勢，黑衣男聽完沒有任何回應，而是逕自走到他所架設的攝影機旁，打開了電源。

「說完了嗎？」黑衣男從一旁拿出一個鏽得嚴重的工具箱，打了開來，對周淳風說：「那我們開始了。」

隔天一早，龍顯一反常態的準時起床，動作俐落的梳洗完之後，他揹起了槍袋、穿上好久都沒有穿過的西裝外套和西裝褲，雖然沒有扣上釦子，裡面也沒有穿襯衫，但這才是最接近他原本樣子的穿著。

站在鏡子前的龍顯，用雙手把頭髮向後一梳，摸了摸自己臉上的鬍碴，思考了一下，還是決定不刮了，就直接出門。

一進到刑事局，好多人還非常詫異，畢竟他這個人已經頹廢了好一陣子，實在難得見到他現在如此容光煥發的模樣，自從徐亞風死之後就沒再看到過了。

「早！」一進到辦公室，龍顯大喊了一聲，嚇了大家好大一跳，不過能見到他現在這樣精神抖擻，也是好事一樁。

一定是昨天那個國安局來的特務，讓他有如此大的改變吧！這小子確實不簡單，此時站在隊長室門外的偵一隊隊長廖訓傑，心想讓他接下這任務真是對了，雖然不知道結果是吉是凶，但相信包括他自己在內，所有人都期待再次看到他的這個樣子很久了。

「阿龍！」廖訓傑對龍顯喚了一聲。

「幹嘛？」龍顯邊走近隊長室邊回答。

「進來吧！有東西讓你看。」說完之後，廖訓傑便轉身進了去，而龍顯也隨後跟進。

隊長室內沒有像上次一樣站滿了人，只有局長侯仲寬、隊長廖訓傑，還有一大早就來到這裡的夏穹。

「大家都這麼早起，別告訴我昨天晚上又出事了。」龍顯心想，幹出這麼驚天動地謀殺案的犯人，應該不可能連續兩天都作案才對，可惜他想錯了。

「正是，而且這次出的事，不會比上一次還小。」夏穹語氣一沉，接著他把放在隊長室桌上的投影機電源給打開，讓鏡頭發出的光，照耀在門旁的白色牆壁上，投射出影像。

「龍警官，你看了就知道。」夏穹語畢，用遙控器將影像播放出來。

另一方面，KH 的住處。

早上九點半，在下了一整晚的雨之後，太陽總算是在清晨露面，陽光和煦的從窗簾的縫隙中灑了進來，為這即將入冬的空氣帶來了一點溫暖。

電視沒有關上，畫面一直停留在新聞台，新聞輪播中最常出現的，還是前天那宗駭人聽聞的李殷世兇殺案。

KH 趴在床上熟睡，一旁的小茶几上，一樣有著停在新聞畫面上的筆記型電腦，以及字跡雜亂的筆記本，看樣子昨晚他從案發現場回家之後，還是不斷的在研究這個案子。

突然間，一聲聲急刺耳的嗶嗶聲驚醒了他，猛一張開眼睛，本能的伸進枕頭下方，抓住藏在那的沙漠之鷹後，一個靈巧的翻身，便半跪在床上舉起槍，開始警戒四周。

他很明白，自己是從來不會設鬧鐘的，那麼這個奇怪的聲音是哪裡來的？又是誰發出來的？

正當他還在找尋聲音的來源時，放在一旁的筆記型電腦突然發出奇怪的雜音，而惱人的嗶嗶聲響，也在這時候停了下來。

「咳咳……測試測試，聽得到嗎？」電腦的喇叭裡傳來很明顯變聲過後的講話聲音，而這個聲音，恰巧跟昨晚莫名其妙打到他手機裡來的人，一模一樣。

放下槍，KH 望向自己的電腦，露出了非常不愉快的表情。

「你為什麼要駭進我電腦？」KH 直接對電腦說話，隨後他想起還不知道對方是否聽得到，覺得自己這樣的舉動很白痴。

「這問題問得好，因為我是來幫你的。」電腦另一頭的人回答。

「你幹嘛這麼雞婆？我沒叫你幫我。」KH 走到旁邊，伸手拉開窗簾，背對著電腦，點起香菸抽了起來。

「別這樣說嘛！我真的很想幫助大名鼎鼎的殺手獵人 KH 呢！」

聽到這句話的 KH 一陣光火，伸手就想過去把電腦關機，好讓這個廢話一堆的偵探還是什麼的傢伙不能再煩他。

「你給我閉嘴！不要煩我！」難得的美妙早晨，就這樣被一個來路不明的臭傢伙打亂，他想也不想的就準備按下關機鍵。

「等等！」好像料到 KH 會關機的他，喊出聲來阻止，接著說：「犯人又出手了！我剛剛才拿到警察的資料，這次新聞都不會報導，你只能從我這邊入手了！」

KH 停在關機鍵上的右手食指停了下來，接著問：「是什麼？」

「這次是影片哦！我已經看過了，有夠誇張。」那人發出了嘖嘖的兩聲，繼續說：「怎麼樣？有興趣嗎？要看嗎？要看嗎？要看嗎？要看嗎？要看嗎？要看嗎？要看嗎？要看嗎？要看嗎？要看嗎？」

「……」KH忍住想直接把電腦砸爛的怒火，右手伸出的食指收了回來，握起拳頭，咬牙切齒的說：「傳過來。」

「太好囉！」電腦另一頭傳來歡呼聲，影片也隨後傳到KH的電腦裡。

KH將手放在鍵盤上，點開了影片。

影片開始播放，龍顯和KH兩人分別在不同的地方，幾乎同時的看著，映入眼簾的，卻是他們從來都沒有想過的衝擊畫面。

11

大雨帶來的水滴，不停的落在鐵皮屋的屋頂，發出撞擊鐵皮的吵雜聲，不過，卻絲毫無損鏡頭前那蓋過雨滴噪音的慘叫。

攝影機開始運作後，黑衣男便提著工具箱，拉了一張同樣鏽蝕嚴重的鐵椅，坐到周淳風的面前。

「今晚，我會給你機會，回答了正確問題，你便不會受苦。」黑衣男冷冷的說。

「機會？什麼意思？你想幹什麼？」周淳風害怕得全身冒出冷汗，扭動著身體，想逃離這張束縛住他的椅子。

「不用急，我馬上告訴你。」黑衣男打開工具箱，拿出一支鉗子，接著對他問道：「第一個問題，這次的承包工程，你從李殷世那邊收到了多少錢？」

「等、等一下！你是誰？問這問題做什麼？」

黑衣男沒有回答，只是逕自舉起了鉗子，夾住了周淳風右手大拇指的指甲，周淳風心裡一驚，知道他要做什麼，慌張的想把手指抽開，無奈這張椅子的扶手已經被加工過，尤其是手指的地方還被緊緊的扣住，想移開一點都沒辦法。

「答錯了。」黑衣男用力一抽，周淳風的指甲就這樣被硬生生的扯了下來，流出了鮮紅的血液，而指甲連著的指肉撕裂帶來的無比劇痛，痛得他放聲大叫，腳也忍不住的顫抖。

「第二個問題，參與這次收賄的人，還有誰？」為了製造更大的心理壓力，這次黑衣男還沒等周淳風回答，就先把鉗子頭夾在他的左手大拇指上，蓄勢待發。

周淳風全身發抖，自從混黑道到現在，從來沒有經歷過拷問的他，在面對這次的恐怖經驗時，竟然完全無法思考，被拔掉一片指甲之後，他害怕到連像樣的話都說不出來。

「不、不要……放過我……」周淳風流著淚，懇求眼前的黑衣男放過他。

只是他要的不是求饒，而是答案。

「又答錯了。」黑衣男握著鉗子的右手發力，向後一抽，指甲帶著碎肉被拉斷，鮮血迸發。

「呃啊！！」周淳風慘叫且痛苦的掙扎著，雙手的大拇指傳來的劇痛和撕裂感，讓他幾近崩潰，眼淚、鼻水混合著口水不停的流下來，衣領周圍已經濕透，連尿水也早就在第一片指甲被拔下來的時候，早已潰堤。

「第三個問題，你收到的錢，是用什麼形式到你手上的？」

「好、好痛……」

「答錯了。」這次是右手食指的指甲。

「啊！啊！」

「第四個問題。」「我……」「答錯了。」「呃啊！」「第五個問題。」「求求你……」「答錯了。」「哇啊！」

隨著周淳風的指甲一片一片的被黑衣男扯下來，流下來的血越來越多，但他的慘叫聲卻越來越小聲，可能是喉嚨叫啞了，也可能是痛覺麻痺了，直到第八片指甲被拔下來時，他已經連像樣的叫聲都發不出來了。

低著頭，臉上滿是淚痕、鼻水痕，還有口水痕，乾了又濕，濕了又乾，只剩下一點點微弱的呼吸聲，能夠讓黑衣男知道，他還活著。

不過，現在他的精神狀態，已經幾乎痛到昏厥了。

黑衣男看著他幾乎毫無反應，再看了看他那已經剩下兩隻中指的指甲完好的手，便放下了鉗子，從工具箱裡拿出一根細細長長的縫衣針，朝他一開始拔掉的左手大拇指傷口刺了下去。

「啊啊啊！！！」周淳風猛地甩起頭，瘋狂的大叫，完全停不下來。

人的手指，因為要感知非常細微的觸覺，所以神經分布密度極高，這裡如果受到傷害，痛覺也非常強烈，黑衣男就是深知這點，才加工了這張椅子的扶手，好讓周淳風的十根手指頭牢牢固定在上面，好對他進行逼供。

而他也清楚的知道，周淳風幾乎不可能在一開始就老老實實的交代出他想要的答案，所以可以有很多的機會，讓他好好感受到極致的痛苦。

「醒了嗎？」黑衣男又拿起了一根針，慢慢的逼近。

周淳風怕到不行，連忙大喊：「等一下等一下！我什麼都說！」

黑衣男放下針，望著周淳風道：「說吧。」

周淳風忍著痛，顫抖著開始回答剛剛黑衣男問他的所有問題，原本應該是一個可以讓龍顯等人和KH更深入案情的部分，但這段話在之後很明顯的被重製消音，導致他們什麼都聽不到。

說完後，周淳風喘著粗氣，又開始拚命的要求黑衣男放過他，黑衣男聽完之後點了點頭，便走到一旁拿起剛剛放在桌上的尼泊爾彎刀，走近他。

「等一下，你不是說我回答正確，就不會殺我嗎？」周淳風看到他拿著刀子過來，嚇得嘴巴都忘記合起來。

「我說的是不會讓你受苦，所以我會給你一個痛快。」黑衣男舉起彎刀，刀光閃耀的冷冷寒光，照在周淳風的臉上，倒映出驚恐又憤怒的表情。

「我幹你……」周淳風還來不及罵完，彎刀唰的一聲劃過他的頸子，他的頭也飛了起來，伴隨著有如噴泉般湧出的大量鮮血，隨之落地滾走，甚至還停留在那張又驚又怒的表情上。

影片最後的畫面，就是黑衣男撿起了頭，走到鏡頭前關閉錄影，接著便結束了，只剩下一片黑暗。

「他媽的！」龍顯看完影片後怒氣難消，大罵一聲，且用力的握拳捶了一下桌子，發出巨大的聲響。

「這些就是全部了。」夏穹把投影機關上，並將隊長室的燈打開，日光燈的光線照耀下來的一瞬間，可以看見每個人的臉都是鐵青的。

連續兩晚，兩位有著強大影響力的人物，被一個來路不明的兇手殘忍殺害，死前還被徹底的拷問一番。

姑且不論這個人是什麼來歷，但他的膽子也太大了。

「畫面中的地點找到了嗎？」龍顯低著頭。

「還沒。」隊長回答了他，並接著說：「這個影片，今天一早就送到我們這邊來了，這個人很聰明，沒有自己送過來，反而是用錢委託一個中輟生少年交給我們。」

「思考縝密、作風大膽，我們已經好久沒有遇過像這樣子的殺手了，阿龍，你怎麼看？」局長問道。

「看？我不會看，我只會抓！」很明顯已經怒火中燒的龍顯，很不客氣的回了一句，抬頭望向夏穹：「這次的影片該不會也流到媒體那邊去了吧？國安局有沒有動作？」

「龍警官你放心，從昨天事情發生之後，國安局就已經請示上級，啟動國家安全法了，全國所有的探員昨天下午全部到各家媒體、新聞台駐點，連網路我們也嚴密監控，防止再有昨天的類似事件發生，造成人民恐慌。」

夏穹走到龍顯的面前，用無比堅定的眼神看著他說：「我是負責聯繫刑事局的網路警察單位，還有要與你接洽，才來到這裡的，一切我們都佈局好了。」

「所以那個犯人，這次也有發這個影片到這家媒體去嗎？」局長問。

「有，犯人非常執著要讓全部人知道這件事情，對六十家本國公司及十九家外國公司，再加上平面媒體，共發放了將近兩百個檔案，這些檔案已經全數回收，現在都在國安局內由我們暫時保管。」夏穹回道。

「拍好就直接複製了兩百份，甚至不管地點是在北中南的哪裡，都有辦法同時送到，在這麼短的時間內，能辦到這種事情的人，並不多，不是嗎？」夏穹看著龍顯。

「沒錯……我知道哪裡有線索了。」龍顯突然像是想起什麼似的，拍了一下桌子就走了出去，打開門的時候，還差點撞到剛好要走進來的一名刑警。

「阿龍！你要去哪裡？」隊長對著逕自走出局長室的龍顯大喊，但顯然他是完全沒聽到。

龍顯這個舉動讓大家一時間不知所措，隔了幾秒鐘之後，才回過神來注意到一直用尷尬的神情站在門口，剛剛差點被龍顯撞到的刑警。

「我、我可以說話了嗎？」那名刑警戰戰兢兢的問道。

「嗯，有什麼事嗎？」隊長點點頭。

「剛才我們小隊到周淳風的家裡去做搜查的時候，發現昨天晚上死的不只他一個，連他的左右手黑狼，在昨晚也被殺了。」

「你說什麼！」聽到這個消息的局長、隊長和夏穹三人，大吃一驚。

12

時間已經過去了兩個小時，這期間 KH 一直待在家裡沒有出門，他的電腦裡不斷的重複播放著剛剛那段影像，始終沒有停過。

「看了這麼多次，你有看出什麼頭緒來嗎？」電腦另一頭又傳來 WU 的聲音。

KH 沒有回答，只是靠在窗邊看著外面的天空，吐出一團又一團的白霧。

事情發生了兩天，兩天各有一個大人物被兇殺，就算是這樣子，這原本應該是跟他八竿子扯不上邊的殺人案件，因為這看上去就像是仇殺，而不是一般的殺手所為。但這個人為什麼要公然挑戰自己？還在全國媒體上對自己下戰帖？這點 KH 無論如何都想不透。

「你說你是來幫我的，沒錯吧？」KH 對著電腦另一邊的 WU 說。

「當然。」

「我現在想要復原剛剛那段影片被消音的部分，你辦得到嗎？」

「這個在我剛拿到影片看完時，就有想要試試看了，不過……」

「不過什麼？」KH 問道。

「這個兇手，應該也有考慮過聲音被復原的可能性，所以這個影片並不是原檔，而是再轉錄過的，如果沒有原始影片檔案來做分析，這樣復原的可能性非常的低。」

「所以……是沒辦法囉？」KH 將菸熄在只剩下土的盆栽裡，轉身準備關上電腦，打算不想再理會這個，大部分時間只會耍嘴皮子的無聊駭客。

「給我一天時間。」再一次，似乎又預料到 KH 動作的 WU，馬上出聲。

「這麼久？」KH 在幾次短短的交談裡面，似乎發現了對方是激不得的個性，只要一點點懷疑，就可以讓他想辦法證明自己，所以他想要再稍微給他一點反向的激勵。

「嗯……半天？」

「好，就等你半天，完成了就通知我。」

「沒問題！」WU 在說完這句話之後就切斷了通訊，並在此同時，傳來了他剛剛在與 KH 對談的時間裡，順手從刑事局的網路系統「摸」來的資料。

走回電腦前的KH點開一看，正是警方對第二起命案的詳細搜查資料，還是五分鐘前打好的，裡面也包括了他們接獲黑狼被殺的通報之後，到現場調查的詳細報告。

「看來，有這傢伙的幫忙，也不會太糟糕嘛。」KH心中暗忖。

兩個小時前，在局長、隊長，還有夏穹在隊長室裡接到通報，得知黑狼被殺的消息後，隊長馬上指派了大批人馬趕到東泊幫的根據地，也就是周淳風的別墅大宅，進行進一步的搜查。

而夏穹和隊長，在大隊到現場的二十分鐘後，坐著鑑識科的車一起抵達時，發現剛剛他們遍尋不著的龍顯，人竟然已經在那了。

「他媽的！你們幹什麼吃的？叫你們在這邊站崗監視，監視到可以一個被帶走、一個被幹掉！你們是嫌工作太輕鬆了是不是？」人未看到聲先到，夏穹和隊長廖訓傑才剛下車，就已經聽見前方傳來龍顯的破口大罵。

走近一看，才發現昨天晚上被派來盯梢站崗的刑警們，全部在龍顯正面站成一列，一動也不敢動的被他臭罵一頓。

「你們昨天晚上都在睡覺是不是？蛤？要睡覺刑警證和配槍交出來，你們就可以回家睡個夠！」

「一點動靜都沒有發現，我們刑事局還需要你們這一群飯桶嗎？等一下就馬上回去自願請調交通組，全部都給我去指揮交通！」

龍顯越罵越大聲，引來所有人的側目，隊長知道他的脾氣，搞不好再下去他等等就會開始揍人了，只好趕快上前制止。

「好了阿龍，夠了。」隊長拍拍龍顯的肩膀，對他說：「事情都發生了，你再罵他們也沒有用，等一下我會處分他們的。」

隊長說完之後，接著對那幾個還在罰站的刑警們說：「你們先回去休息，中午過後到隊長室找我。」

「是！」大家深知龍顯的臭脾氣，如果隊長沒有出來緩頰，他們在這邊可能要站上好幾個小時無法離開，搞不好還會挨他一頓揍，此時的他們就像是獲得新生一樣，差點都要哭出來了。

「哼！」龍顯點了點頭，沒好氣的哼一聲之後就轉身離開，這時夏穹便追了上去，走到他的身旁。

「怎麼啦？你怎麼先到這裡來了？」剛剛在刑事局裡找不到龍顯的夏穹，開口問他。

「沒什麼，因為你剛剛說的，能辦到這麼大規模事件的人，不會太多，所以我一開始就想到幫會人數最多的東泊幫，因為他們的幫會成員遍布全國，要做到這種事最容易，我才來這邊想找一點線索。」龍顯回道。

「哦？我記得還有另一個幫派黑龍會，他們的人數也是滿多的，加上是東泊幫的自己龍頭老大被做掉了，應該不會跟他們自己有關係吧？」夏穹不太懂龍顯的邏輯。

「說到這個你就是外行了。」龍顯拿出菸盒，點起香菸吸了一口，說：「通常兩個幫派鬥爭，都不會輕易幹掉對方老大，這樣只會引起對方的復仇攻擊，對雙方都沒好處。」

「所以你才想到，可能是東泊幫內部出了問題囉？理由是什麼？奪權？奪利？」夏穹思考著。

「不知道，所以才要查。」龍顯又抽了一口菸，抬頭望向前方的二樓落地窗前，那個手中拿著一杯還冒著白色熱氣的茶杯，一臉肅穆的白狐說道。

「昨天晚上聽到三樓傳出慘叫聲，我就帶著幾個兄弟衝上去，就看到他死在老大的房門外，然後睡在房間裡的老大也不見了。」隊長、龍顯和夏穹坐在別墅二樓的大廳裡，聽著白狐邊喝茶邊敘述昨晚事件的經過，當然都是他捏造出來的。

「恕我直言，昨晚除了刑事局的人馬之外，聽說你們也派了很多人在這裡巡邏和站崗，難道都沒有發現什麼異狀，或是什麼可疑人物嗎？」夏穹首先提出疑問。

「很可惜的，沒有。」白狐放下茶杯，又為自己倒了一杯茶，接著說：「前天發生李議員被殺的事情之後，老大就一直心神不寧，所以昨晚我們派了更多人來保護老大，沒想到還是沒辦法阻止，不過可以確定的是，對方一定很能打，不然黑狼是不可能被殺的。」

「未必。」龍顯拿起十分鐘前，白狐為他們三人倒的三杯茶的其中一杯，看著杯中翠綠的茶水說道：「如果是熟人幹的，根本不用打，像是在茶裡面下個安眠藥什麼的，很容易就可以拿下黑狼了，不管他再能打都一樣，任人宰割。」

「也是，你說得對。」白狐微笑著：「我們會朝這個方向去追查的，感謝警方的——」

「你別誤會了，我說這些不是要你們去追什麼，或查什麼。你們不是警察，別想要做什麼不屬於你們該做的事情來，我會這樣說，是想要你提出幾個名單來，好讓我們找出兇手的身分，還有周淳風的屍體在哪裡。」龍顯將杯中冷掉的茶一飲而盡後，打斷了白狐的話。

白狐話說到一半被打斷，他沒有露出不悅的表情，反而微笑的看著龍顯，心中很佩服這個敢不把他放在眼裡的年輕警察，也很為他的不長眼擔心。

「不知道警方想要什麼樣的名單呢？」白狐微笑著問道。

「當然是……」龍顯說到一半，隊長冷不防的就伸出手來擋住他，把他壓到後面，讓他閉上嘴巴。

因為龍顯從來沒有跟白狐打過交道，以至於完全不曉得，他這個人看上去沒什麼殺傷力，其實才是東泊幫最可怕的存在。

白狐與黑狼一文一武，只是最近這幾年的事情，當初幫會剛開始創立，周淳風打天下的時候，那時還沒有黑狼這號人物，白狐可是東泊幫的第一打手，人稱「鬼煞白狐」，下手極其狠毒，連警察都懼他三分。

直到年紀小他許多的新一代打手，黑狼，進了東泊幫之後，他才退居文職，全力輔佐周淳風的東泊幫成為第一大幫。

白狐之所以是白狐，不只是因為他能文能武，而是他夠狠，深知這點的隊長廖訓傑，首當其衝就是要阻止龍顯跟他起衝突，避免節外生枝，也為了保全龍顯的性命。

當然，龍顯想過的，隊長也有想到，但如果周淳風和黑狼真的都是白狐做掉的，現在在這裡跟他起衝突，絕對是百害而無一利。

「我們的意思是說，如果白老大可以提供警方一些線索，使我們可以趕快破案，這樣對大家都好，不是嗎？」隊長微微彎身向前，戰戰兢兢的說。

「那是當然，所以，警方想要的名單是？」白狐拿起菸斗抽了一口，深藏陰狠表情的微笑也跟著收了起來。

「這件事情，正如龍警官所說的，我們估計是熟人所為，希望白老大您可以提供我們從一個月前，到昨天晚上的晚宴上，所有人的名單，如果您手上還有周淳風和李殷世議員這件案件的相關人員名單，也麻煩請您提供給我們，這樣的話，警方和我們國安局，都會非常感謝。」夏穹不等隊長回話，搶先提出要求，還在看似無意間的對話中，搬出國安局來給白狐一些壓力。

「哦？你是國安局的探員？」白狐略顯驚訝的問道。

「是的，因為這次案件情節重大，國安局特派我來處理。」

「你，叫什麼名字？」

「夏穹。」夏穹回。

「很好，年輕有為。」白狐笑了兩聲，吐了一口煙，說：「我知道了，我們這邊會盡全力配合警方和國安局，不過整理資料需要一點時間，下午我會請人送過去刑事局，不知道這樣可以嗎？」

「那就麻煩白老大了。」隊長起身點了頭，便和夏穹拖著一臉大便的龍顯趕快離開，避免他再說出什麼會令人冒冷汗的話來。

而眾人離開之後，白狐才收起他那一直微笑著的臉，站在落地窗前，用陰狠的表情直盯著警方人馬離去。

13

「事情越來越離譜了，昨天晚上發生的事情，怎麼看都像是幫派內鬥，這跟第一個命案有什麼關係？」等待 WU 將影片消音部分復原的期間，KH 研究起他剛剛送來的資料，尤其是法醫的報告書上還有註明黑狼身上有燒灼的傷口，研判是電擊棒之類的物品造成的。

看來做掉黑狼的應該就是那個白狐沒錯了，但是這跟李殷世和周淳風被殺有什麼關係？還是其實這三個人都是被白狐做掉的，可是沒理由啊！殺掉老大和黑狼可以讓他問坐東泊幫龍頭之位沒錯，但他殺周淳風幹嘛？

而且這次的兇殺案，媒體那邊一點動靜都沒有，那個兇手不是很喜歡把事情鬧大嗎？現在反而這麼安靜，真是太奇怪了。

「事情可能沒那麼簡單，不過我想應該是跟東泊幫脫不了關係的。」研究資料到一半，WU 的聲音冷不防的出現，嚇了 KH 一大跳。

「欸！別嚇人好不好？」差點從椅子上摔下來的 KH 很不爽的說。

「抱歉抱歉，剛把聲音復原好，打開通訊就聽到你在自言自語，所以接一下你的話囉！」

「雞婆……」KH 白了一眼，對著電腦說：「弄好了就傳過來吧！」

「沒問題！」WU 有朝氣的回道。

再一次看完復原後的影片檔的 KH，驚訝的發現其中的聲音還原度極高，讓他不禁在心中讚嘆在電腦另一頭，這個 Ruse 派來幫他的偵探，其能力的確是超凡。

不過也真的是超煩。

邊聽邊抄寫下來的名字，一共有五個，經過一小段時間的整理和搜尋之後，總算是確定名單上提到的人的身分了。

首先是李殷世的辦公室秘書趙先鐸、ＸＸ黨女立法委員王楓棠、寶悅建設公司董事長戴豐濱、總經理劉世寬，最後是新北市某區區長陳耀坤。

「確定好了名單之後，你有打算下一步該怎麼做了嗎？」WU問。

「唯一可以確定的是，犯人應該會從他說出來的這五個人裡，一個一個的處理掉，不過這五個人有什麼共通點嗎？」KH思考著。

「我想……應該是這個吧！」WU說完之後，傳過來一個檔案，封面寫著「新北市寶悅大樓　建築工程案第一期」

「收賄啊……」KH馬上連結起第一起命案的錄音檔，還有明白這幾個人的共通點，兇手的目標就是跟這起工程建案有關的這幾個人，加上被殺的李殷世、周淳風和黑狼，都有收賄。

這樣一來，就確定這幾個人一定會被殺，跟著他們總有收穫。

找到兇手之後，就可以知道為什麼要把他拖進去，這個關他屁事的連續殺人案了。

「動身吧！該去埋伏一下，守株待兔了。」有了線索，行動派的KH不想再等下去，立刻就想出門。

「你要先去找哪一個人？你總不可能五個都兼顧吧？」

「隨便憑直覺找一個啊！總是會堵到的。」穿起黑色防彈大衣，把沙漠之鷹放進口袋裡，確認好大衣內的隨身小刀都有扣好之後，KH 關上電腦就直接出門了。

接近中午時分，終於收到由白狐派人送來關係人名單的刑事局，立刻開始展開調查，幾乎動用了局裡三分之一的人力，只因為他們送來的名單，竟有三百人之多。

「你說，他是不是故意在整我們？」龍顥看著查起來要人命的名單，不悅的問著夏穹。

「很有可能，不過我覺得他應該不會騙我們，就查吧！應該會查出些什麼來的。」夏穹聳聳肩，便走向那些正在查資料，臉比苦瓜還苦的刑警堆裡去了。

看著一堆忙得焦頭爛額的刑警們，龍顥陷入深深的沉思之中，以前遇到這種大案子，急性子的自己，絕對是不會像這樣子陪著他們一起大海撈針的。

每每遇到這種情況，他總是會先想到辦法外出去追查，就像今天早上他衝到周淳風的別墅去一樣。

憑直覺來辦案一直是他的習慣，只要從相關人等的交友圈、工作圈或生活圈下去順著線拉，一定會讓他找出什麼線索來的。

只不過，他隱約的感覺到，這次的案子很不尋常，雖然白狐這種人會故意搞他們也是在意料之中，但是所有的線索好像都被巧妙的隱藏起來了，彷彿眼前的所有線索，都是假的。

龍顯的直覺告訴他，如果他們再順著現在得到的線索繼續查下去，一定沒辦法破案，後面絕對有人在操縱這件案子，雖然他一點證據都沒有。

如果是亞風，現在會怎麼做呢？

龍顯邊想邊離開了人多吵雜的辦公室，走到吸菸室點起了菸，一口一口的抽著。

「這樣的表情，不太像你哦！」正當龍顯看著窗外沉思的時候，一個像是憑空冒出來的聲音傳進了他的耳朵裡。

如此熟悉的聲音嚇了他一大跳，連忙回頭一看，卻發現這裡除了自己之外，什麼人都沒有。

是太累了嗎？竟然產生幻聽了。

龍顯無奈的笑了笑，一轉身，卻發現亞風出現在他身邊，不過正確的來說，是在玻璃倒影裡的身邊。

「慘了、慘了，這下連幻覺都出來了……」龍顯苦笑，卻很開心，自從亞風死後，他就將自己的記憶封閉起來，三年多了，他連亞風長什麼樣子都快不記得了。

看著玻璃上模糊的倒影，龍顯伸出右手貼在上面，對著不知道是鬼魂還是幻覺的亞風說：「老兄啊！你死到現在，從來沒有託夢給我過，你在下面過得一定很爽吧！不用辦案、不用打報告、不用抓一些莫名其妙的白痴犯人，還不用聽到小平頭和隊長的廢話連篇，我真的很羨慕你啊……」

龍顯越說越小聲，最後甚至兩手都扶在玻璃窗戶上，低著頭，不想看見自己哭泣的模樣。

「可惡……你怎麼就這樣死了啊……」龍顯一拳捶在玻璃上，發出「咚」的一聲。

「阿龍，你有你的武器，那個我沒有的武器，跟著你的感覺走吧！你我都明白，你才是真正的神探，不是嗎？」

突然間，腦海中浮現出亞風生前最常對他說的一句話，不知道是那個鬼魂說的，還是他自己回想到的，龍顯雙眼一睜，抬頭看著玻璃上的倒影，那是亞風的笑，在他臉上。

「我明白了……亞風，謝謝你。」一手抹去臉上的淚，龍顯，雙手緊握。

另一方面，遠離台北市中心的一棟公寓內。

中午時分，陽光普照，但這個房間裡卻透不進一絲的光線，所有的窗戶和通風口，全部都被黑色膠帶封了起來，試圖在這裡隱藏著極黑暗的秘密。

客廳的電視開著，不停的播放最新的新聞畫面，但是頻道換得很快，觀看的人似乎想尋找什麼。

電視對面的沙發上坐著一個男人，面無表情的瘋狂轉台，他持續這樣的動作已經有好幾個小時了，就是沒有看到他期待的新聞出來。

「是警察幹的嗎？」男子放下遙控器，站了起來，他沒料到警方動作這麼快，也這麼全面，第二次命案的消息一點也都沒走漏出去，看來他們全都是有備而來。

應該還有第三方的協助吧？國安局？情報局？不管是哪一個，都不是問題，他有自信除了那個人以外，沒有人可以找到他。

關上電視，他打開了其中一間房間，走了進去，裡面一樣的黑暗，一樣充滿了詭譎氣氛，但和客廳不同的是，這裡的牆壁上，貼滿了剪報和照片。

都是有關殺手獵人KH的。

其中一面貼滿剪報的牆上，還大大的用毛筆寫了「正義」兩個字。

男子走向前，輕輕的撫摸那兩個字，露出了淡淡的微笑。

「我等著你……殺手獵人……」

14

「你知道嗎？剛剛五點多的時候，警察找到周淳風的屍體了耶！頭啊都被砍下來了！真是有夠噁心的，這個人是變態吧？」

晚上六點出頭，天空才剛暗下來，街道旁的路燈紛紛亮起，KH躲在一家飯店旁的防火巷口，靜靜的觀察裡面的一舉一動，只是連接手機的耳機裡，一直傳來WU喋喋不休的講話聲。

「聽說是在一間半山腰上的鐵皮屋發現的，一個流浪漢要進去的時候發現屍體然後報案。」

「不過是有人跟他說那裡沒人住，叫他可以去那邊棲身，搞不好就是兇手想要早一點讓屍體被發現才這樣做的。」

「現場也發現一輛廂型車，應該就是搬運周淳風用的吧！不過怎麼沒開走呢？真是奇怪，那他是怎麼下山的啊？」

「查出來了，鐵皮屋的所有人是78歲的趙青發，住在新北市中和區。」

「好，很好，你繼續查下去，然後暫時給我閉嘴。」已經兩個小時了，KH有點受不了WU只要查到什麼就一直實況轉播，讓他覺得很不耐煩。

雖然現在這個目標也是他幫忙查到行蹤的，但是現在KH真的很不想聽他繼續吵下去，導致自己的判斷能力受影響。

現在在飯店餐廳裡用餐的，是李殷世的辦公室秘書，趙先鐸。

從他下午三點多，離開家門開始，KH就一路尾隨，跟著他去了許多不同地方，期間地點不斷的移動，直到他跟一個身材姣好的妙齡女郎進了這間飯店的餐廳用餐，他才真正可以停下來好好觀察。

「跟他一起吃飯那個，不是他老婆啊！好像是某個最近人氣頗高的年輕模特兒，叫做楊什麼的——」WU的聲音又突然出現。

「我不是說了閉嘴了嗎……等等，你怎麼看得到裡面？」KH驚呼。

「我入侵了這附近所有的監視器啊！包括他們餐廳裡面的，所以我現在也看得到你哦！哈囉！」

KH面無表情的瞄了身後的監視器鏡頭一眼，然後對它比了個中指。

「欸！沒禮貌！」WU不滿的喊道。

「你安靜！不然我就掛電話。」

「好好好，沒問題沒問題……欸欸欸！他們要出來了！」

「什麼？」

KH抬頭望去，只見趙先鐸帶著楊姓模特兒走出餐廳門口，進了路旁的排班計程車就離開飯店。

「追！」KH大步一跨，衝向另外一台計程車。

計程車平穩的行駛在街道上，趙先鐸和模特兒坐在後座打情罵俏的，而他也不時的用手去觸摸她肉體上的禁忌地帶。

正在盛情中的兩人，當然不會去介意其他人的視線，像是司機看著模特兒凹凸有致的胴體，正一寸寸的被趙先鐸從衣服裡翻出來，讓他大飽眼福。

當然，把視線放在兩人身上的，絕不會只有司機一個人。

KH，坐在後方的計程車裡，也死盯著兩人不放，正確的來說，只有趙先鐸一個人。

「先生啊！你這樣一直跟著前面的車，我很難辦啊！現在不是在演電影，如果你是警察什麼的就算了，萬一你不是……我可能就不能這樣一直載你跟蹤別輛車，你懂我意思嗎？」載著KH的司機面有難色的說。

副駕駛座上的KH沒有回答他的問題，只是看了他一眼，很兇狠的那種。

司機被盯得全身爆出冷汗，他現在非常確定這個穿著黑色大衣的年輕人，絕對不是什麼正派人士，但不載他的話，自己可能就活不過今天晚上了。

「我、我知道了……」司機吞了一口口水，緊握住他的方向盤。

過了幾個街區，趙先鐸坐的車來到了一家高級五星級飯店前停了下來，接著下車跟模特兒一起走了進去。

「不用找了。」KH掏出兩張千元大鈔，交給司機之後，就逕自下車追了上去。

「你好壞哦！剛剛在車上那樣，都被別人看光了。」女模特兒嬌羞的把手打在趙先鐸的胸膛上，引來他的一陣壞笑。

「看看有什麼關係呢？反正他看得到，摸不到不是嗎？嘿嘿嘿……」趙先鐸邊說邊掐了一下她飽滿的臀肉，看來今晚可以好好的度過一夜春宵了。

在餐廳明顯喝了不少酒的兩人，步履踉蹌的要走向一樓的大門，這時候卻有一個全身黑衣的男子從一旁的柱子後面竄了出來，一把抓住趙先鐸的後領，就要把他拖走。

「你幹什麼！放手啊！」趙先鐸不斷的被往後拖行，而模特兒只是站在原地放聲大叫，一點忙都沒幫上。

「給我閉嘴……」高大的黑衣男人一拳打在趙先鐸的後腦上，瞬間讓他暈了過去。

附近的行人目睹了這一幕，卻也沒有人要上前幫忙，他們都以為是什麼幫派來尋仇，為確保自己的安全，沒有人敢多管閒事，只是拿出手機一個勁的拍，還有人甚至在臉書上直播這一切。

而最著急的人，莫過於在馬路對面被車流擋住，而沒辦法及時上前阻止的KH了。

「他媽的！竟敢在我面前抓人，你不要給我跑！」KH手伸進口袋握住他的沙漠之鷹，一心想要衝過去。

「看來運氣差了一點呢……殺手獵人……」黑衣男子看了一眼在馬路的另一端直跳腳的KH，露出一抹笑容。

刑事局刑事鑑識中心，法醫室殮屍房。

十分鐘前，龍顯和夏穹兩人來到這裡，檢視這兩天發現的三具屍體，想要找尋一點蛛絲馬跡。

找回一點初心的龍顯，想起自己一直以來都是待在最前線找尋線索，報告他當然也會看，但他無論如何，都會親自到這裡來看看。

多接近所有事物一些，就會離答案越近一些，這是他一直以來的信條，也是他的搭檔徐亞風最讚賞他的地方。

三具冰冷冷的屍體躺在他的面前，他靜靜的觀察，不發一語，只讓法醫對他解釋屍檢所得。

「你有什麼心得嗎？龍警官？」夏穹拉了拉自己的大衣，這裡總有一股說不上來的寒氣，讓他冷得直發抖。

「至少現在知道，這三起命案不是同一個人幹的。」龍顯說。

「不是同一個人？怎麼說？」夏穹問道。

「嗯？我以為你看得出來，怎麼了，國安局很少接觸這類案子嗎？」

「呃……應該說是，不太可能接觸到這類案子，更別說屍體了，這次是因為被害者的身分比較特殊，所以我們才介入的。」夏穹聳聳肩。

「好吧，那就請林伯跟你解釋吧！我先出去抽根菸好了。」龍顯伸了一個懶腰，邊掏摸自己的口袋，邊走了出去，留下夏穹和被他喚作林伯的法醫在殮屍房裡面面相覷。

「他就這脾氣。」夏穹笑笑。

「我早就習慣了。」林伯露出一副我早就知道會這樣的表情，便開始對夏穹解釋剛剛龍顯的觀點。

林法醫，本名林望祺，是全國數一數二的資深法醫，也是法醫界的第一把交椅，因為過去龍顯的辦案機會，跟他見了好幾次面，也很熟知他這個人，兩人一直是亦師亦友的關係。

當然之前還有亞風也會常常來報到，跟龍顯比起來，亞風是一個非常得體的人，做事謹慎、八面玲瓏，跟那個衝動的勇探比起來，算得上警界未來的一顆星星。

可惜天妒英才，亞風年紀輕輕就死了，還記得那個年輕人的屍體被推到這裡來的時候，可是讓他難過了好幾天呢！

自此之後，他也沒再見過龍顯來過這裡，直到這次的案件，他終於又可以看見當初那輝煌的雙人搭檔之一重新復活了過來，他心裡非常欣慰，畢竟警察他看多了，能像他這樣重新走出來的人，真的是少之又少。

「首先，以屍體生前被破壞的模式，非常明顯的是，李殷世和周淳風是被同一人所殺害的，因為手法幾乎是一樣的。」林伯說。

「林法醫，您是說生前凌虐嗎？」夏穹問。

「沒錯，但是這第三具就差得多了。」林伯拿起放在一旁桌上，還冒著熱氣的咖啡喝了一口，然後指著黑狼的屍體說：「左側腹有一個燒焦的痕跡，應該是電擊棒造成的，致命傷是胸口心臟部位，一刀斃命。」

「這麼說起來，殺死黑狼的另有其人囉！」夏穹摸著下巴，仔細端詳黑狼屍體上的傷口。

「至少不是用同一個方法殺害的，根據屍體上我發現的證據，只能解釋這麼多。」林伯又喝了一口咖啡。

「原來如此，非常謝謝您，林法醫。」

「不用謝。」林伯點了點頭。

15

下午時分，酒吧 SICKLE 還沒開始營業，吧檯前已經坐著一個猛抽著香菸的黑色大衣男人，還有一個在吧檯裡整理東西的老人。

「我受夠了！」KH 一拳捶在吧檯上，發出沉悶的響聲。

「受夠什麼？」Ruse 慢條斯理的拿出兩個高腳玻璃杯，用手中的白布仔細擦拭著。

「這次的案子怎麼看都跟我一點關係都沒有，他想幹嘛？一個一個把那些貪污的人找出來幹掉？欸欸欸！這關我屁事？我不是來收拾這種無聊的人的。」KH 吐出一口白色的煙霧，非常不滿的抱怨著。

「所以你不想幹了？」Ruse 把兩個擦好的高腳玻璃杯擺好，慢慢的斟上一點紅酒，自己拿起其中一杯，喝了一口。

「不想。」KH 搖搖頭，把香菸熄在菸灰缸裡，眼前的那杯紅酒他連動都沒動。

「好吧！難得遇見一個有趣的人，我還以為你會很盡興呢！」一飲而盡，Ruse 放下酒杯之後，從吧檯下拿出一只牛皮紙袋，接著說：「既然你不玩了，那我們就辦點正事吧！」

「沒想到你這次還滿乾脆的。」KH把牛皮紙袋裡面的幾張紙抽了出來，上面有著新目標的資料。

「我一向是不會浪費的，包括這個。」Ruse見他不想喝另一杯紅酒，便把它拿了過來，自己喝完。

「謝啦！以後這種差事別找我了，我也沒時間可以浪費在瘋子上面。」KH把資料隨手收在牛皮紙袋裡之後，起身就要離開。

「我會記得的。」Ruse舉杯示意送別。

離開Ruse的酒吧之後，KH回家仔細的研讀資料。

這次要解決掉的殺手叫做骷髏，而他的目標是一位非常年輕的檢察官，叫做高聯成。

想要幹掉執法人員的殺手他見多了，在業界，這種委託通常不會被接受，畢竟幹掉警察、檢察官或法官，不像其他單一樣，殺個人就沒事了，警界一定會來一個報復性大掃蕩，逼得各方老大非把買兇的人交出來不可。

幾年前，那個傳說中最強的殺手閻王，就是出手幹掉了一個腦滿腸肥的貪污警察，搞得滿城風雨，連Ruse的酒吧差點都被刑事局派人給掀了。

聽說那次的單，是Ruse的對手秦皇派人下的，目的就是要搞臭Ruse，還有把閻王這難纏的殺手給關進大牢裡。

最後他成功了，閻王自此被關進苦窯，過著苦哈哈的牢獄生活。

不過，那次其實是故意的，是Ruse故意要讓閻王搞出點名堂，弄出名聲在外，才硬接下這個單子，還把那個警察的死相弄得很難看，曝屍荒野，引起整個警界震怒。

至於為什麼為了要弄出點名堂，就要害手底下最強的殺手進去關，KH不知道也沒多問，反正這是他在半年前跟閻王一戰之後，回來聽Ruse提起來的一段小故事，所以他也不是很在意。

但就是因為這種不說破的裡規則，所有這類型的單子極少人肯接，除非是很缺錢的人、或是一些不計後果的瘋子。

而這個殺手骷髏，正好就是後者。

攤開他過去的「工作經歷」，大多都是一些很瘋狂的單子，像是隻身進去一個堂口把裡面的角頭老大殺掉啦！闖進軍事基地幹掉一個上士啦！最扯的是還有到玉山上把一個觀測員從山上推下去，這種神經的事情都幹得出來，真是一個不折不扣的瘋子。

「怎麼最近都遇到不太正常的人……」KH暗忖，心想這次絕對不能跟這個叫骷髏的人正面對幹，不然一定會落個傷敵一千，自損八百的慘勝，還是遠遠的放冷槍把他幹掉就好。

不過這個姓高的檢察官也太年輕了，才27歲，就有人想殺他，該不會是個什麼地檢署的明日之星吧！

算了，不管殺手的目標是誰，死活如何，這個叫做骷髏的人，才是他真的該關心的。

正當KH埋頭認真研究資料的時候，他放在一旁待機的筆記型電腦，傳來了「嗶」的一聲，接著傳來他這幾天很熟悉的變聲器聲音。

「嗨！我跟你說哦！昨天晚上你跟丟的那個趙先鐸，後來被幹掉了耶！也是身中一百刀以上，失血太多身亡，早上就被發現了，現在被送到刑事局去了，報告才剛出來。」

「嗯。」KH拿筆在高聯成平常的行程上畫上雙橫線，註記重點。

「然後啊！同樣一個地方，也發現另一個人的屍體，你猜是誰？竟然是寶悅建設公司的總經理劉世寬耶！他這次進度也太快了吧！一個晚上就幹掉兩個人，這個速度真是驚人。」WU繼續滔滔不絕的說著。

「嗯。」KH翻開另一頁，把骷髏的下手習慣還有他這次要下手的地點圈起來，還畫上一個星號。

「你覺得，如果我們把我們復原的影片檔交給警察會不會比較好啊！這樣可以阻止他繼續殺那些人，然後你再從中找機會逮他，畢竟你只有一個人啊！如果再發生昨天那種情形，不就又要放他跑了，所以我覺得——」

「等一下！」沒等WU說完，KH就打斷了他，接著說：「Ruse那老頭沒有告訴你嗎？」

「告訴我什麼？」

「這件案子我已經不管了，我沒時間理那個無聊的殺人狂，我是殺手獵人，不是警察。」KH說。

「什麼！」WU在另一頭大聲喊了出來，嚇了KH一跳。

「你這麼大聲幹嘛？」KH撓撓自己的耳朵。

「為什麼不管了，他不是還在挑戰你嗎？」

「挑戰又怎麼樣，這種對我想做的事情沒有實質幫助的挑戰，我沒有興趣接受。」KH 繼續畫著重點。

「真可惜，跟你合作我覺得很有趣呢！你真的不管了？」

「嗯，不管了，你可以去做其他的事了。」KH 看了一眼自己的電腦，把原本想說出口的那句「我不覺得有趣，我只想揍你」吞了進去。

「好吧！那就再見囉！」WU 說。

「再見。」KH 把筆記型電腦蓋了起來。

電腦另一頭，一頭棕色亂髮的少年，穿著連帽外套，揹著大背包，坐在桃園國際機場的候機室裡，他笑了笑，然後也伸手把自己的筆記型電腦闔上，拔下耳機。

「真的很可惜呢！KH。」棕髮少年拿出放在一旁椅子上的一疊資料，隨手翻開看了看，說：「那我就先到紐約去找找另外一個獵人囉！」

一疊厚厚的資料，看上去像是調查報告，而最末端的一行小字寫著「殺手獵人 Sliver」字樣，少年將它捲成一圈，一樣隨手收進背後的大背包裡，接著從口袋裡拿出護照和登機證，起身走向登機處。

「請問是段風宇先生，乘坐的是中華航空 13:35 前往紐約的班機是嗎？」驗票的地勤人員親切的對風宇說。

「沒錯的唷！謝謝你！」風宇回以親切的微笑。

手上。

「感謝您搭乘中華航空，祝您旅途愉快。」地勤人員將登機證和護照交回到風宇

「不客氣。」接過護照和登機證，風宇踏著輕鬆的腳步走向登機門。

「殺手獵人KH，下次就是直接見面囉！紐約見！」坐在飛機上，風宇對窗外揮了揮手，便戴上耳機，閉上了眼睛，慢慢進入了夢鄉。

16

殺手骷髏的下手時間，是在兩天後的晚上，所以KH雖然知道他的行蹤，也不急著下手，一般來說，他都是在殺手要動手解決目標的那一刻，他才會下手獵殺。

基於要弄清楚要殺的殺手，是不是自己要找的人，KH都會選擇在暗處先做觀察，殺手用的武器、下手方式、習慣……等等，他很清楚，那老頭幾乎不可能會這麼容易就讓他找到殺他全家的殺手，但為了以防萬一，他要很確定死在他眼前的人就是那個人。

要是找到了那個人，絕對不會讓他死得這麼輕鬆。

這兩天中間，那個不知名的殺人犯，依舊自以為是的在外面制裁那些貪污的相關人等，且進度極快，一天至少就是一至二殺，包括KH還原影片所得知的五人在內，已經殺了八人之多，人數多到媒體那邊也藏不住了。

「這是難免的吧！畢竟他殺的都是一些政要，不然就是黑道老大，我看那些曾經收過賄款的人，現在應該都怕得要死了。」KH邊擦著自己的沙漠之鷹，邊和Ruse講著電話。

「這幾天的新聞都是他啊！甚至他還被冠了一個『制裁者』的名號呢！」Ruse說。

「制裁者？我記得好像在哪裡聽過……」KH擦到一半，用手抓了抓頭。

「就是你啊！你剛出道的時候，不是也被稱作是殺手制裁者嗎？」

「哦！對對對！哇靠！真不想被人拿來跟這個神經病的殺人犯相提並論，我可是有職業道德的。」放下擦槍的白布，KH把彈匣裝進槍裡，然後拿了起來做出瞄準動作。

「這麼有目標性的大量殺人，很難讓人不聯想是有人指使的呢。」電話另一頭的

Ruse悠閒的喝著紅酒，看著電視說。

「指使？誰敢這麼明目張膽的幹掉一些老大和政要？而且還是一口氣的殺，你以為是什麼？集權國家的政府派特務幹掉的嗎？現在都什麼時代了。」KH不屑的說。

「不管怎麼說，這幾天警方那邊的動靜很大，你今晚的任務要小心一點，別被警察遇到了。」

「放心，更麻煩的我都遇過了。」KH把槍收進大衣口袋，穿上。

「一路平安。」Ruse掛上了電話。

把放在地板上的電話拿進抽屜收了起來之後，KH再次確認東西都拿齊了，便轉身走向門口，說：「出發！」

入夜，KH一腳跨踩在台北市某住宅區的頂樓扶手上，雙手插在口袋裡看著下方車流。

這裡不像市區這麼熱鬧，對於殺手來說是一個極好下手的地點，也非常好逃脫，而這裡也是骷髏選擇對那個年輕檢察官下手的地方。

KH站在高樓上，即將入冬的冷冽夜風颳過他的身體，讓他不由自主的打了一個寒顫。

出發前和 Ruse 聊的那一段話，讓他有點在意，但他在意的部分不是那個制裁者，而是 Ruse 對那個人的態度。

就他認識的 Ruse 來說，是不會對那種自以為是的殺人狂留心的，如果他一直表現出很有興趣的態度，那麼這個現在到處亂殺人的制裁者，就有可能沒這麼簡單，那老頭一直提起他，甚至特地派了一個話很多的偵探來幫他，在在表示了他的重要性。

所以 Ruse 絕對不可能像他口中的一樣，對那個制裁者毫不知情，而是想讓自己去探一探他的老底，如此一來，這整件事情背後可能就是一個大陰謀。

「等等回去要好好問一問那個臭老頭。」KH 無聊到站在這裡把證件事情從頭到尾想了一遍，決定還是要回去問清楚。

再吸了一口菸，KH 把菸屁股往腳邊一丟，放下跨踩在扶手的腳，將香菸踩熄。

因為他已經看到目標出現了。

這個住宅區是高聯成所住的地方，KH 身處的是高家公寓對面的大樓頂樓，所以骷髏的舉動他看得一清二楚。

不搭乘任何交通工具，從遠方步行前來的殺手骷髏，亦步亦趨接近高家所在公寓的一樓，在背對著 KH 的角度，用看不見的方式，打開了公寓大廳的門鎖，走了進去。

「技巧滿純熟的嘛！看來不是普通的瘋子。」透過狙擊鏡看著這一切的KH說道。

高聯成獨自一人住在這所公寓裡，位在七樓的房間客廳有一扇落地窗，而KH所在的地方剛好面對著落地窗，所以房子裡面的情況他都可以很清楚的知道。

高聯成今天似乎還沒有從地檢署回來，骷髏進了房間也沒有開燈，似乎想待在裡面埋伏。

「還要等啊……不知道還要等到什麼時候，好想睡覺……」看來又是一個無盡等待的開始，KH打了個哈欠，用沒有握槍的手抹去眼角滲出的淚水。

還好，現實情況沒有讓KH無聊太久，在骷髏進到房間埋伏還不到五分鐘的時間，KH突然聽到後方傳來一聲極細微的槍響，接著他的餘光看見有一個極高速的東西從他的臉頰旁邊劃過去，再來就是前方傳來的玻璃破碎聲。

沒有預兆，沒有感覺到任何殺氣，就是這麼突然，讓KH備感威脅，他下意識的先看著玻璃破掉的高家。

果然，透過裝了紅外線鏡頭的狙擊鏡裡，他看見了殺手骷髏頭部中槍倒地的樣子，接著他想都沒想的猛一回頭，看見他的身後上方，水塔位置旁，站著一個穿著黑色連帽外套，手中拿著狙擊槍的男人。

頂樓沒有燈光，KH看不清楚黑衣男子的容貌，只是他的直覺告訴他，眼前這個人非常危險。

「你是誰？」如此接近的距離，KH知道，自己的狙擊槍是絕對派不上用場的，於是他緩緩的放開原本緊握的槍，手伸進口袋握住了沙漠之鷹。

「我沒有名字，大家叫我制裁者。」黑衣男子用沙啞的嗓音說著。

沒想到這個殺人狂會追到這裡來，正如同剛才自己所想的，這個人果然沒有這麼簡單，當下KH來不及考慮這個人是如何找到他的，當下他只能選擇先發制人。

倏地拔出沙漠之鷹，KH對制裁者就是一陣狂轟，而他的雙腳也沒閒著，拔腿就朝處在上位的制裁者逼近。

不慌不忙，似乎早知有此一著的制裁者在KH開槍的那一瞬間，就縱身往下一跳，落在頂樓天台之上，躲過了橫飛的子彈。

「你是誰？你是怎麼找到我的？」兩人相隔一個只用來遮住通往頂樓樓梯的半層樓建築，KH忌憚對方可能也擁有手槍之類的武器，不敢輕舉妄動，只在這一邊對他喊話。

「你為什麼放棄找我了？」制裁者沒有回話，只是反問KH。

「我沒有必要找你，你不是我要的目標。」KH說。

「真可惜，我可是費了很大的勁才發現你的行蹤，你就這麼看不起我？」牆的另一邊，制裁者的口氣微怒。

「如果你想要幹掉我，我奉陪。玩遊戲？抱歉我很忙！沒空陪你玩！」KH說完就要衝上前攻擊，卻發現身邊的地上有很多奇怪的塑膠圓盤。

「別亂動！這裡的地上被我放滿了炸彈，你一動我就引爆！」

「他媽的……」發現自己被擺了一道的KH忿恨的罵出聲。

「你說得對，我是想要幹掉你的，但不是最主要的理由，努力的來找我吧！到時候你就會知道原因了。」制裁者冷笑了一下，按下手中的引爆開關，瞬間天台上所有的塑膠圓盤，都發出紅光和刺耳的嗶嗶聲。

「完了！」KH大喊一聲，往天台邊緣跳了過去。

接著所有的圓盤開始噴出大量的彩色火花，不但沒有爆炸，看起來還只像是……

「煙火？」KH傻住了，然後他看見制裁者拿著槍，往樓梯間跑了進去。

「來找我吧！殺手獵人！」制裁者跑進樓梯間時，對KH喊聲道。

「你別跑！」被耍了第二次的KH光火，不顧還在噴出火花的煙火，憤怒的衝過火花牆，追了下去。

氣喘吁吁的 KH 追到一樓的時候，那個穿著黑衣的制裁者，早就已經不知道跑到哪去了，氣得他一腳踢翻了放在路邊的垃圾桶，罵了一聲髒話。

「媽的！氣死我了！」KH 怒罵。

17

幾乎在 KH 執行任務時與制裁者遇上的同一時間，營業中，各界人士來來往往的酒吧 SICKLE，來了一個許久未見的訪客。

門被打開，門上的鈴鐺叮叮作響，來人熟門熟路的走到吧檯邊坐了下來，向 Ruse 點了一杯啤酒。

酒吧 SICKLE，隱身於台北市鬧區之中，鮮為人知，是在這個城市裡黑暗的存在，對於很多不同的人來說，它有著不同的意義。

小小的空間裡，聚集的是一群黑暗人種、牛鬼蛇神，他們把這裡當作情報交換站、各種交易點，還有談判的最佳地點，不為什麼，只因為 Ruse。

Ruse 就是安全的保證，知道他背後隱藏實力的人，絕對不敢在這裡造次，大家都知道在這裡起衝突，他，會非常不高興。

而 Ruse 不高興，就沒有人可以好手好腳的離開這裡。

至於 Ruse 為何有如此大的勢力和力量，有許多人做過揣測，有人說是他養了一群優秀的殺手當他的傭兵；也有人說，是現今全台灣幾個較大的黑道，都是他幫忙扶植起來的；抑或是他早年單憑一己之力和謀略，掃蕩了全台灣的殺手集團，成為了人人所害怕的存在等等。

眾多猜測使他在人們的口中越見神秘，也讓他成為了警方和情治單位的首要目標，大家都想抓到他的犯罪證據，好把他繩之以法。

只可惜這幾十年來，不管他們做了再多的努力，派了多少的警力和情報員明查暗訪，都苦尋無果。

甚至兩方都曾經派過臥底想要深入調查，卻都會在不到一個月的時間裡，發現那名臥底慘死在街頭，雙方折損甚多，最近的一次，就是已故的優秀刑警，徐亞風。

而僅剩的最後一名臥底，也是刑警徐亞風生前的最好搭檔，龍顯。

有別於以往的臥底，這兩人做過深度研究之後，發現最不會引起 Ruse 懷疑的方法，就是一邊當警察一邊臥底。

Ruse 的力量來源之一，就是非常大量的情報，因此他在世界各地都會雇用相當大量的偵探，來幫助他取得最有利的情報武器，只是警方及軍方情報他始終難以獲得。

最早發現這個論點的就是徐亞風，五年前，在請示上級之後，他自願成為 Ruse 和警方的雙臥底，看起來好像是為 Ruse 工作，蒐集警方情資，其實是一點一點的挖出他所隱藏的秘密，然後上報給警方高層。

非常有默契的是，龍顯也在幾乎相同時間，向刑事局的高層提出這樣的想法，於是上級同意，讓他們兩個人成為這一對極特殊的臥底搭檔，成為了殺手龍王和殺手夜鴉，讓他們兩人在明在暗都可以互相支援，而他們也不負眾望的為警方帶回了許多珍貴的情報。

可惜好景不常，徐亞風雖然聰明，但聰明不過 Ruse，兩人搭檔臥底雖然看似毫無破綻，但還是被 Ruse 發現情報洩漏了。

「阿龍，現在的情況很危險，Ruse為了掃清臥底，已經把『獵人計劃』重新啟動了，表示他已經掌握了一定證據，接下來一定會對我們下手。」一天，任務結束之後，亞風把龍顯約到一家熱炒店裡，跟他解釋現在的情況。

「我知道，只是那老頭把意圖藏得太深了，不知道他要派出什麼樣的人來對付我們，要是知道，我們就可以提早防範。」龍顯喝了一口啤酒。

「現在已經不是防不防範的問題了，我跟你一定有一個人會死，不然就是我們兩個都會死。」面對一整桌的菜餚，亞風沒有胃口吃，只是看著龍顯說：「以現在的情況看來，我猜測Ruse首要目標一定是我，因為我一直以來都是頭腦派的人，他一定會覺得我是臥底。」

「這不一定啊！如果他猜的是最不可能是臥底的我，才最有可能是臥底呢？」龍顯反駁道。

「放心，我想到對應之法了，絕對不會有事的。」亞風拍拍龍顯的肩膀，露出了自信的表情。

這個自信的表情，往往帶來的都是好事，龍顯也這樣相信著，卻沒想到沒事的人，卻只有自己而已。

在兩人熱炒店一會之後，過了兩天，龍顯一早就被偵一隊隊長派到台中去調查一起命案，龍顯本來想帶上亞風一起同行，卻被隊長拒絕了。

「為什麼不行？我們是拍檔耶！」龍顯不滿道。

「亞風今天有別的任務，局長說的。」隊長邊批改著桌上的文件邊說。

「又是小平頭，老是喜歡把我們兩個拆開。」拎著夾克，龍顯忿忿不平的打開隊長室的門走了出去。

而當龍顯轉身的那一剎那，隊長才把視線移到他的背影上，嘆了口氣說：「阿龍，我們這樣做是為了保全你啊……別怪我們。」

在台中的調查非常順利，中午剛過他就把命案資料收集齊全，想要回台北交差了。

只是很奇怪的是，原本就不是很熟的台中刑事局局長和一些小隊的隊長，卻要求他留下來吃飯，盛情難卻，也不想拒絕邀約把關係弄僵，龍顯只好答應留了下來。

龍顯本來就不是很喜歡這種社交的場合，何況今天在場的人他一個都不熟，讓他很想要趕快吃一吃就回台北，但他們卻一直很熱情的想把他留久一點，讓他覺得很奇怪。

好像是台北會發生什麼事情，所以把他支開一樣。

龍顯越想越不對，立刻向台中的長官們告別，便匆匆的驅車回去台北。

回到刑事局的時候，已經是將近下午五點了，龍顯一路上一直都有不好的預感，所以回到這裡之後，他二話不說就跑進隊長室裡想問個明白。

打開門，裡面坐著的是刑事局局長侯仲寬、隊長，還有亞風三個人，尤其是亞風還穿著攻堅需要穿著的全副武裝，讓他非常訝異。

裡面的三人似乎也很驚訝龍顯會在這個時間回來，紛紛露出驚愕之色。

看到這裡，龍顯終於驗證心中那個不安的感覺了，一早就叫他下台中，又讓他們找理由把自己留在那裡，在在都顯示他們想瞞著他做些什麼。

「你們要不要給我一個解釋？應該不可能是要瞞著我幫我慶生吧？我的生日還有半年。」龍顯關上門後，問著眼前的三人。

既然這一幕已經給龍顯看見了，估計三人裝傻也是騙不過他，只好將今天發生的事情和盤托出。

原來在兩天前，亞風那一晚在熱炒店的時候，就想到了一個可以不讓兩個人都一起被盯上的方法，一離開那裡，他就撥了通電話給局長，說明他的計劃。

而這個計劃就是，提前曝光亞風就是臥底的事。

連續兩晚，亞風都瞞著龍顯，和警政署的高層討論這個計劃，目前可以確定的是，每天晚上，都會有許多幫派份子出入 Ruse 的酒吧，只要酒吧有一個警方登記在案的通緝犯在那，他們就有理由搜索現場。

亞風清楚這點，於是利用他在 Ruse 旗下工作時所整理出來的殺手網絡，鎖定了一個已經退休的殺手屠軍。

「只要幫助警方，你就不會被判死刑，你怎麼選？」亞風帶著大隊人馬，在前一天晚上潛入屠軍現在的住處，用槍指著他說。

「我投降。」屠軍回答得很乾脆，舉起了雙手，冷冷的說：「要我怎麼做，你說吧！叛徒。」

「我不是叛徒，我一直都是臥底。」

「龍王呢？也是嗎？」屠軍試圖從亞風口中探出點什麼來。

「這個我不知道，你也不用問這麼多，合作就對了。」亞風收起槍，請其他人將他上銬帶走。

「長官，這傢伙曾經是 Ruse 的人，信得過嗎？」將人帶走之後，一名刑警對亞風問道。

「信不過，他一定會對 Ruse 透露我就是臥底的事。」

「那你還……」

「沒關係，我就是要讓他知道。」看著被大隊帶走的屠軍，亞風的眼神裡有的，只是覺悟，死的覺悟。

接下來就是今天的事了，Ruse 的酒吧下午兩點開始營業，偵一隊隊員、亞風，還有雷霆小組的人，都在附近待命。

「你去吧！半小時左右我們就會進去，別想逃跑，如果我們進去見不到你，我知道上哪去找，到時候就不是被抓就可以了事的了。」亞風對屠軍說，並解開他的手銬。

「哼。」屠軍冷笑一聲，點了點頭之後，就往酒吧走了過去。

這期間有幾個看上去很眼熟的幫派份子，陸陸續續進了酒吧，而屠軍也正如亞風所想的，把他是臥底的事情一五一十的告訴 Ruse。

「我知道了，謝謝你。」Ruse 對屠軍報以一個微笑，接著繼續喝他的酒。

時間一到，雷霆小組繼續待命，亞風帶著偵一隊的人，朝酒吧前進。

小隊一共二十人，荷槍實彈的走下通往地下室的樓梯，打開門後大喊：「不許動！警察！」

酒吧裡的酒客沒料到警察會跑進來，紛紛大吃一驚，不敢輕舉妄動。

Ruse 依舊抱持微笑，警方有派臥底他是知道的，而且那個人很有可能就是聰明的亞風，今天這個場面他不意外，也早已做好準備，這裡，是不可能會被搜出什麼東西的。

「不知道發生了什麼事情，要勞駕諸位警官到來呢？」放下酒杯，Ruse 罕見的走出吧檯，向衝進來的小隊問道。

「有人舉報這裡發現通緝犯，是殺了好幾個人的殺手，不好意思，請你配合搜查。」回答的人不是亞風，亞風遠遠的站在門邊，靜靜的望著 Ruse。

「我懂了，不過我這裡是做生意的地方，還請各位高抬貴手，別嚇唬到我的客人了。」說到一半，Ruse 望著隊伍最後面的亞風問：「對了，有搜查令嗎？」

「有。」亞風從口袋裡拿出折成四折的搜查令，走上前遞給 Ruse 看。

「幹得好。」Ruse 壓低聲音，諷刺的對亞風說。

「抱歉，我一直都是臥底警察，這是我的職責。」亞風回道。

「好個臥底，祝你長命百歲……」Ruse 露出陰狠的眼神瞪著亞風，下一秒卻變回親切的微笑，用大家都聽得到的聲音說：「我明白了，我完全配合警方的調查，請！」

18

可想而知，早已有防備的 Ruse，當然不會被亞風搜到什麼，大家只好照預定的行動，把屠軍抓回刑事局。

而這次的行動看似徒勞無功，但亞風已經完成他的任務，Ruse 已經把矛頭指向他，不會再對龍顯的身分多作懷疑。

但這樣的事，龍顯當然不會接受。

「為什麼是你？明明你當臥底比我當臥底有用多了，為什麼你要犧牲？」龍顯不解也很不認同他們的作為，尤其是明明知道臥底身分曝光，一定會招致殺身之禍，這些所謂的長官還是選擇讓亞風去送死。

「就是因為我最可疑，不如我提早自曝身分，你才有活路。」亞風把手搭在龍顯的肩上，對他說：「接下來 Ruse 一定會有所動作，如果他叫你殺了我，你絕對不能拒絕，我死，總比我們兩個都死來得好。」

「死什麼死？我們兩個都不能死！我現在就去幹掉那個老頭！」龍顯甩開亞風的手，轉身就要離開。

「阿龍！」隊長上前叫住了龍顯，接著說：「你是沒辦法殺他的，亞風這麼做也是為了大局著想，你別讓他的犧牲付諸流水啊！」

「……」龍顯緊握雙拳，氣得全身發抖，但他卻無法反駁，他知道也能夠理解亞風和隊長的做法，但他就是不能忍受有人犧牲。

「阿龍，我已經有覺悟了，自從當了警察的那一天開始，隨時都要為正義犧牲，我心甘情願。」亞風拍拍龍顯的肩膀說。

接下來事情發生得很快，Ruse用計，試圖使亞風和警方高層相信，自己原諒了他，只要他變節，做反間諜提供警方的資料，過去的恩怨一筆勾銷。

高層相信了，龍顯也差一點相信，亞風則是說不過高層而表面上答應，繼續在Ruse那當臥底殺手，時時防備著。

直到Ruse催生出了殺手獵人KH，正式對亞風動手的那一天，所有人才發現是一場騙局。

為了不讓亞風死在KH手上，龍顯先一步親手了結了他的性命。而龍顯的心，也在那一天開始，正式的步向黑暗深淵。

為了報仇，他設計了殺手閻王和KH的對決，最後在殺了閻王之後宣告計劃失敗，他也從此變得一蹶不振。

直到夏穹的出現，他才再次決定為正義而戰，為了弔祭這位昔日好拍檔，犧牲性命也要守護的正義而戰。

「很久沒見到你了，最近如何？」Ruse把啤酒遞給龍顯。

「老樣子。」龍顯接過啤酒之後，從一旁拿出一個牛皮紙袋，交給Ruse。

「我能理解你的心情，就算是幹掉叛徒，他也是你好幾年的搭檔，會傷心是必然的。」Ruse拿了一杯酒，啜了一口，接著說：「好幾年了，沒見過你來，最近這個制裁者的案子，聽說國安局也介入了，怎麼？有進展嗎？」

「你也真好笑，有進展我還會來找你交換情報嗎？」龍顯拿出菸盒點了一支香菸，抽了起來，說：「裡面是刑事局這三年多來的人事調動，還有新的臥底警察名單。」

「也包括你嗎？」Ruse意有所指的問道。

「包括你個頭，你應該知道我的來意，如果你有什麼內部情報，就趕快給我吧！我資料都給你了。」龍顯吸了一口菸，沒好氣的說。

「這是當然，我都準備好了。」

Ruse交給龍顯另一個牛皮紙袋，他打開來之後，有一張A4大小的白紙，上面只寫了幾個名單，另外還有一個寫著「新北市寶悅大樓　建築工程案第一期」的建案報告書。

「這是……」龍顯看著報告書，不解的問道。

「這次的連續殺人案，跟這份報告書，還有那幾個名單很有關係，雖然名單上的人幾乎都被殺了，但是從這個方向調查，我相信很快就可以找到兇手的。」Ruse微笑。

「看來你已經知道了不少，為什麼不直接告訴我兇手是誰？」

「這個……因為你帶來的資料，價值還不夠啊……」Ruse搖了搖手中的牛皮紙袋，說：「不過有了這些，已經幫助很大了，加油吧！」

「好吧。」收起了資料，龍顯將香菸熄在菸灰缸裡，喝光杯子裡面的啤酒之後，放了一張鈔票，就轉身離開了。

看著龍顯離去的背影，Ruse則是瞇著雙眼，似乎在盤算著什麼。

龍顥離開後不到十分鐘，酒吧的門又被推了開來，這次走進來的，是氣喘吁吁的KH。

「怎麼啦？這麼匆忙，被追殺啦？」剛把龍顥喝完的杯子洗好，正要放上架子的Ruse，不解的看著KH。

「混蛋！那個什麼制裁者，他找到我了，是不是你把我的資料賣給他的？」KH一坐下來就開始興師問罪。

「我可沒有賣給誰你的資料，你是不是誤會了什麼？」Ruse把杯子放好，看著他說。

「不然他是怎麼找到我的？」

「唉……說實在的，你的行蹤其實很不隱密啊！有一點門道的要找到你並不是不可能的事情，不是嗎？就像幾年前的黑龍，不就也找到你了嗎？嗯？」Ruse搖搖頭，遞了一瓶黑啤酒給他。

「呃……」被Ruse這麼一問，KH無法反駁，啞口無言。

「不過我覺得他挺有意思的呢！你放棄找他，他倒是找上門來了，看來他也是個很執著的人。」

「簡直是發瘋了，還要逼著我找他，到底是想要做什麼我真的一點也搞不懂……」KH倒趴在吧檯上，表情很氣餒的樣子。

詢問Ruse無果的KH，在酒吧裡又跟他邊喝酒邊聊了好幾個小時，回到自己家中的時候，已經是凌晨三點了。

躺在床上，他思索著今天所發生的一切，他覺得解決這件事的線索，或許可以從這裡找出來。

首先是自己的行蹤，雖然說黑龍老大當初可以找到他，但也是投入了相當大的人力物力，花了好一段時間自己的行蹤才曝光，可是這次才只有兩天，短短兩天他就能鎖定自己嗎？這點也太不可思議了。

如果不是像那個能力超凡又碎嘴的偵探WU，恐怕是很難做到的吧！

「不對！如果是……」KH突然間像是想到了什麼似的，從床上跳了起來，打開自己的電腦，將WU最後多管閒事給的法醫鑑識資料開啟之後，他發現了一個重點。

「這個叫黑狼的……看起來像是被另一個人殺的。」當晚周淳風被擄走，應該不可能有時間殺了黑狼，那這個黑狼，就一定是被自己人幹掉的。

那麼警方調查的時候，為什麼白狐會承認兇手是那個制裁者？一定是雙方做了某種程度的交易，要不兩方其實就是有勾結。

這樣一來就可以說得通了，東泊幫利用大量的人力，幫助制裁者在全國各地發送那些檔案給媒體和警方，而制裁者抓走周淳風製造權力空洞，白狐再殺了黑狼，自己就可以坐上老大的位子。

連自己的行蹤，也一定都是東泊幫協助追查的，所以他才可以這麼快的找到自己。

「原來如此……原來如此……」KH想通了一切，再打開那本「新北市寶悅大樓・建築工程案第一期」的建案報告書，將一切都串聯起來。

一切的一切，都是兩方在互相利用，一個制裁收賄的所有人，另一個協助制裁，實際上是想要坐上大位。

「一切都跟我想的一樣，東泊幫果然有問題。」離開酒吧，回到空無一人的刑事局辦公室的龍顯，也幾乎和KH在同一時間得出了結論。

「那麼，接下來就是找出犯人了。」兩人在不同地點，相同時間，說出同一句話。

19

隔天一大清早，整夜沒睡的龍顯，才剛回家洗了個澡，就又回到了刑事局總部。大家剛上班，隊長也才剛進辦公室，就看到龍顯坐在裡面。

「阿龍，你這麼大清早的就來做什麼？」打了個哈欠，隊長端著一杯咖啡走到自己的位子上坐了下來。

「我找到重大線索了。」龍顯揉了揉自己的雙眼，拿起一疊資料就走到桌前，交給隊長看。

「重大線索？什麼的？」隊長一手端著咖啡，另一手把資料拿了過來。

「制裁者的。」龍顯回。

「哦？」隊長點點頭，喝了一口咖啡後翻開資料來看，這一看，差點沒把剛入口的咖啡給噴出來。

「這、這是……」隊長驚訝的看著龍顯。

龍顯沒有回話，只是用著他非常堅定的眼神，看著隊長說：「有了這些，申請搜查令不是什麼大問題吧？」

「當然沒問題，趕快召集弟兄們，還有國安局的人來。」隊長放下了咖啡，拍拍龍顯的肩膀說：「幹得好啊！」

發出通知後，所有人開始做行前準備，前往東泊幫逮人，這時候收到通知的國安局，也派了夏穹前來，和幾個高階刑警聚集在局長室開會。

「所以這些，都是龍警官從 Ruse 那得到的情報囉！」夏穹翻著龍顯徹夜整理出來的資料和筆記，感到不可思議。

「沒想到吧！」龍顯略顯得意的對夏穹挑了挑眉毛。

「而且阿龍給他的那些，我命人準備好的資料，也不全是真的，就算有真的，也都是一些無關緊要的情報罷了。」隊長也想在局長面前邀點功。

「你們都做得很好。」局長點了點頭，卻看見夏穹面有難色，便向他問道：「夏探員，你有什麼想說的嗎？」

「這樣不行啊……」夏穹反覆翻了所有的資料，最後放了下來。

「你說什麼不行？」龍顯問道。

「恕我直言，龍警官，這些資料非常完整，說明了那個制裁者和東泊幫有一定程度的往來，但卻沒有白狐下手的直接證據，這種情況下，他是絕對不會招認的。」夏穹說。

聽到夏穹這麼說，所有人恍然大悟，然後陷入沉默中。

白狐是個名符其實的老狐狸，這些資料可以讓警方盯上他們，找他來問話，卻不能定他罪，他大可隨便抓個幫眾出來頂罪，也不會讓這個罪名被冠在他身上。

眼看著龍顯冒著臥底曝光的危險，從Ruse那邊騙過來的資料，有可能就會這樣付諸流水，局長表情越見肅穆，眉頭深鎖。

「不過，還有方法。」夏穹思考了一下之後，對大家說：「事情發生到現在還沒有很久，只要現在馬上動用國安局的力量，相信這個絕對性的證據，很快就能找到，麻煩你們給我一點時間。」

「你需要多久時間？」局長問。

「你們警方可以先把白狐抓回來，我會盡快聯絡我們上級，動員所有人，趕在偵訊前找到。」夏穹鞠了個躬之後，轉身快步離開。

一個小時後，龍顯等人拿到了地檢署發出的拘捕令和搜索票，由他帶著大批警方的人馬，來到了東泊幫的周家別墅。

「刑事局偵一隊，白福安在嗎？」身後站著一群荷槍實彈的警方部隊，龍顯站在周家別墅大門口，拿出搜索票和拘捕令。

不一會兒，被龍顯喚作白福安的白狐，帶著一派輕鬆的微笑，從裡面走了出來，對眾人點點頭，問：「龍顯警官，別來無恙啊！有什麼事嗎？」

「有什麼事你清楚得很，跟我們走吧！」龍顯很不客氣的說。

對白狐上了銬，龍顯帶著他從門前庭院走了出來，帶進警車裡，然後他回頭對在場的幾名小隊長說：「進去搜，不管有什麼東西，都給我搜出來。」

「是！」幾名小隊長異口同聲。

坐在車上的白狐，冷冷的看著龍顯的背影，露出了一個極為自信且陰險的微笑，接著閉上了眼睛。

又過了兩個小時，當整個刑事局把能拿回來的東西全部分類、建檔，忙得焦頭爛額的時候，在偵訊室外等得快要睡著的龍顯，接到了夏穹的電話。

「找到了。」夏穹在電話另一頭說。

「好，那我們開始了。」龍顯掛上電話。

偵訊室的門被打開，龍顯走了進去，也是在裡面空等了幾個小時的白狐，看起來依舊是神態自若，一點危機感都沒有。

當然，在他的計劃裡，警方發現他與那個被稱為制裁者的殺人犯有關聯，也只是遲早的事，現在發生的一切，都還在他的預料之內。

「你準備好吐實了嗎？」龍顯在白狐的對面坐了下來，放下拿在手裡的資料本，並拿出錄音筆開始錄音。

而偵訊室單面玻璃的另一頭，則有著幾位警方高層，屏氣凝神的看著裡面的一舉一動。

「我不知道該吐實什麼，該配合的我們都配合了，你們不去抓那個到處殺人的傢伙，怎麼會找上我呢？龍顯警官，你是不是誤會了什麼。」

「抓我也是會抓的，不過在這之前，你要不要先看這個？」龍顯把資料的複印件從本子裡拿了出來，推到他的面前。

接過資料之後，白狐開始翻閱了，越看他越差點忍不住笑出來，果然警方能查到的就只有這些，一點也不足為懼。

白狐點了點頭，將資料蓋上，說：「原來如此，警方是懷疑我幫裡面，有人跟那個殺人犯勾結，連黑狼，都是被我幫的叛徒所殺害的，是嗎？」

龍顯沒有說話，只是盯著白狐直看著。

「如果是這樣，警方大可不必做這麼大的動作，把我抓回來殺雞儆猴，只需要跟我說一聲，我馬上就可以找出叛徒。」白狐對龍顯微笑道。

「好讓你找個替死鬼給我們交差嗎？少來這一套，你跟我都清楚，事實上，黑狼，就是你殺的。」龍顯說。

「哈哈哈！」白狼被龍顯這麼一說，終於忍不住笑了出來：「龍警官啊！難道你剛剛要我吐實的就是這個嗎？你這個不實的指控，我會轉達給我的律師知道的，到時候——」

聽到這些話，龍顯按捺不住的用力敲了一下桌子，瞪著白狐說：「你再嘴硬啊！我告訴你，你現在叫一百個律師來都沒有用！夏穹！」

龍顯一喊夏穹的名字，白狐的表情突然變了一下，直到他看見夏穹聞聲從門外走了進來，還拿著一個用貼著鑑識科化驗貼紙的透明夾鏈袋裝著，看起來很眼熟的電擊棒，他整個臉都綠了。

「看起來眼熟嗎？」龍顯接過夾鏈袋，拿在手上給白狐看。

「這……」出現了預料以外的情況，白狐頓時啞口無言。

「我來告訴你吧！這叫做電擊棒，是你殺黑狼的時候用的。」龍顯說。

「不、不可能……」

「當然，當晚的兇器你都叫你的小弟處理掉了，刀子是擦得滿乾淨的，但是你知道，下雨嘛！電擊棒大家都怕漏電不敢亂碰，就這樣直接丟掉了，所以你的指紋，可是清清楚楚的在上面哦！」龍顯把夾鏈袋交還給夏穹，然後起身走到白狐身後，把雙手放在他的雙肩上，說：「國安局的一堆特務，剛剛拚了老命從垃圾場挖出來的，為的就是現在你的這個表情，驚訝吧！」

「我……」白狐完全沒料到會有這個遺漏，百密一疏的後果，讓他自己陷入無法翻身的局面。

「臭小子，你果然很厲害！從黑狼屍體的傷口聯想到這裡，還猜出電擊棒他們會直接丟掉，你這次要升官了你！」龍顯對夏穹比了個大拇指。

夏穹聳聳肩，笑笑的說：「靈光一閃囉！」

「好了。」龍顯把放在白狐雙肩的手，稍微用點力往下壓，然後湊近他的耳朵說：「現在，你該把事情一五一十的好好交代了吧？嗯？白、老、大。」

20

「今年的總統大選競爭激烈，兩黨派出的候選人，民調原本不相上下，但XX黨的幾位議員和縣市首長，因制裁者的連續殺人案，進而爆出一起涉案範圍極大的工程收賄案，現在在全民的一片罵聲中，聲勢已漸漸不敵另一黨，接下來是我們的大選專題報導……」

偌大的客廳，高級的進口沙發、家具，裝潢精美的房間，牆上掛滿了優美的名畫，這裡是台北市豪宅區的其中一棟大樓裡，一間屋內的擺設。

沙發旁的小茶几上，還擺著一杯冒出熱氣的咖啡，電視也沒有被關上的繼續播放著新聞，但屋內的主人卻已經不知去向。

十分鐘前，這間房間的主人，XX黨的副總統候選人，劉亦博，還安安穩穩的坐在柔軟的沙發上看著新聞，一邊啜飲著香氣十足的咖啡。

「我知道，警察那邊也是一點頭緒都沒有，事情被爆得這麼大就算了，跟那件事情有關係的人還一個一個被殺，算來算去剩沒幾個，我也是很害怕啊！我根本沒拿多少，被殺了多划不來。」劉亦博拿著手機緊張的說。

「好好好，我會再對警方那邊施壓的，無論如何我們都不能輸了這場選舉，好不容易衝到有連任希望了，我可不想被一個殺人犯給搞砸了。」掛上電話，劉亦博嘆了一口氣，正想拿起咖啡來喝的時候，卻隱隱約約感覺到後方有視線正盯著他看。

猛地回頭，看見一個穿著黑色連帽外套的男人，一語不發的站在他的身後，手裡還拿著一支棒球棍。

「你是誰？」劉亦博驚恐大喊。

黑衣男子沒有說話，只是將球棒舉高，然後朝他重重的揮下。

頂樓，黑夜，狂風大作。

二人，沉默，一立一倒。

位於三十層樓的最頂端，穿著黑衣的制裁者站在邊緣，眺望整個城市，車水馬龍，五光十色，絢麗的夜景，對他來說則是充滿了金錢腐敗的臭味。

倒在地板上的是已經昏過去好一陣子的劉亦博，原本在有暖氣的室內，身上自然是沒有穿什麼禦寒的衣物，短短十幾分鐘的冷風，就把他從沉睡中喚醒了過來。

「好冷！」劉亦博瞬間清醒，還打了一個大噴嚏。

「醒了？」制裁者背對著他，把手伸進口袋裡，拿出剛剛的錄音筆，按下播放鍵。

「我知道，警察那邊也是一點頭緒都沒有，事情被爆得這麼大就算了，跟那件事情有關係的人還一個一個被殺，算來算去剩沒幾個，我也是很害怕啊！我根本沒拿多少，被殺了多划不來。」

劉亦博聽到這段錄音，心頭一驚，沒想到這個殺人犯這麼快就找上門來了，不過他很快就認出這裡是他家大樓的頂樓，還好沒有被帶太遠，為了不被監聽和方便談話，他也很常和別人約在這裡碰頭，地形他很清楚。

這個大樓所有聯外的門，門內都有一個總鎖開關，只要按下開關，整棟大樓的門就只能從內部打開，這是避免有人偷偷從外面闖進來的安全設計，也是他選擇這裡當住所的理由之一。

冷風凍得他腦袋異常清醒，瞥了一眼周圍，發現門就在離自己不到三十公尺的地方。

可行，可以逃。

抓住制裁者把錄音筆收進口袋的那瞬間，劉亦博拔腿就跑，眼前那半掩的頂樓大門，現在對他來說就彷彿是沙漠中的綠洲一樣。

「快到了，哈哈！你這笨蛋……嗯？」就在自己即將跑到門邊的時候，制裁者不知道什麼時候追上了他，一把就抓住他的領子往回一丟，讓他重重的摔在地上。

制裁者手拿著一柄尼泊爾彎刀，一步步的走向他，嚇得他趕緊向後爬竄，像極了恐怖片裡的殺人橋段。

「你別過來！你知道我是誰嗎？我可是副總統！」伸出手來阻擋制裁者，劉亦博喊出了自己副總統的身分，同時制裁者的腳步也停了下來。

「對了對了，我們有話好說，只要你放過我，我可以利用職權請總統給你特赦，到時候你就不會被判死……啊！」

話才說到一半，制裁者手起刀落，彎刀化成一道閃光掠過劉亦博的手腕，將他的手給斬了下來。

斷手的劇痛讓劉亦博完全無法思考，他只能緊抓著自己不斷噴血的斷腕處，瘋狂的慘叫。

「不要殺我！不要殺我！求求你！」眼淚和鼻水嘩啦啦的流過他的臉，他不斷的哭喊著，請求制裁者饒了他。

「太晚了，去地獄再後悔吧。」制裁者將刀子舉高，向下一揮。

被砍斷的頭顱伴隨著鮮血飛了出去，滾啊滾的，來到他剛才一直想要跑到的門邊，頭顱上那對瞪大的雙眼，渴望著門內的美好，卻再也永遠進不去了。

「噁心死了！給我走開！」滾到門邊的染血頭顱，被從門內走出來的人，嫌惡的一腳踢開，飛得老遠，撞到頂樓的排風槽之後反彈落地。

沒想到會有人走上來的制裁者大吃一驚，連忙回頭一看，發現上來頂樓的不是別人，正是殺手獵人KH。

「嗨！總算是找到你了，制裁者。」看著制裁者，雙手插進上衣口袋，偏著頭對他說：「還是應該稱呼你，檢察官高聯成呢？」

原來昨晚在KH確定好一切因由之後，在找尋制裁者的身分時，發現了很不尋常的一件事。

就是他要殺骷髏的那天晚上，原本骷髏的目標高聯成沒有出現，出現的則是制裁者。

當下他因為被制裁者所做的事，而被怒氣沖昏了頭，沒有發現到不對勁，回到家之後卻花太多時間，在思考這背後的所有動機，導致忘了這回事，直到他完全理清楚了整件事情的脈絡之後，才回想起這個不尋常的部分。

KH 等到早上，等報紙和新聞都出來了，確定沒有人提到昨晚在高聯成的住所有人被槍殺的事情，他才更覺得奇怪。

為了證實自己的推論，KH 還在大白天的時候，偷偷跑到他的公寓裡，看看到底是怎麼一回事。

「連屍體和血跡都清掉了……一定有問題。」KH 暗忖，把口袋中的沙漠之鷹拿了出來，上膛。

KH 亦步亦趨的在屋子裡搜尋著，每一間房間的門都打開來做確認，並無特別的地方，最後，他來到客廳正對面的一個房間前。

握緊門把，KH 把耳朵貼在房門口聽了一會兒，裡面並無任何聲音，應該是安全的。

打開門之後，裡面的光景著實讓 KH 大吃一驚。

滿滿的剪報、照片，還有警方和檢方的筆錄、案發經過的資料，全部都被貼在牆壁上，房間裡面擺滿了各式各樣的工具、刀械以及手槍，甚至還有昨晚制裁者跟他對峙時所用的狙擊槍和煙火。

這下KH完全證實了他心中所想的，一點都沒錯，制裁者就是高聯成。而動機，不外乎就是最大的這面牆上，用毛筆大大寫著的「正義」二字。

「這傢伙，真的是瘋了……」看著牆上那兩個字，那揮毫的筆觸、狂放的字體，幾乎化為實體般的黑暗，朝KH襲來。

也象徵著高聯成，那內心幾乎已經魔化的正義。

回到兩人對峙的大樓頂樓，被識破身分的高聯成，緩緩的將他的身體轉了過來，面對著KH，然後把蓋住容貌的帽子拿了下來。

跟KH拿到的資料上的照片一模一樣，但眼前的這個人，看上去就像被邪魔附身一樣，臉上陰狠的微笑，令人不寒而慄。

套一句神怪電影裡所說的，簡直是妖氣沖天。

「你找到我了，殺手獵人。」不慌不忙，高聯成抹去臉上被濺到的鮮血，也用袖子擦去彎刀上的鮮紅。

「沒錯，我找到你了，現在你也應該說了吧！你這麼執著於我，到底想要幹什麼？」面對瘋子中的瘋子，KH絲毫不敢大意，雙手放在口袋裡，分別握著小刀和沙漠之鷹，準備發難。

高聯成沒有馬上回答KH的問題，只是反問了他：「你怎麼也不問我，為什麼要殺這麼多人嗎？」

「你殺這麼多人關我屁事？我只想知道你找我幹嘛！」KH真的很不擅長對付這種多嘴的瘋子。

高聯成點了點頭，微笑著對KH說：「都是因為正義。」

21

身為檢察官的高聯成，是一個正義感很強的人，從小到大都會為別人打抱不平，小至朋友間的爭吵，大至街頭流氓欺負弱小，他都不畏強權，挺身而出。

有著一個當了幾十年巡佐的爸爸，和一個國中老師媽媽，養成了他正直的個性，以及富有正義感的人生觀點。

從小到大，高聯成的成績一直都很不錯，為了實踐自己的正義感，他選擇報考檢察官，一心要打倒世間上所有的惡勢力。

努力考上台大法律系，畢業之後參加司法考試，而且非常難得的，他在應屆就考過只有百分之二錄取率的國家司法官特考，順利取得檢察官資格。

為了實踐正義，他比任何人都要執著，當時已經退休的父母，也以這個優秀的兒子為榮。

只是，就在他擔任檢察官才兩年的時候，他的父親犯了一個大錯，使他從此掉入與他的價值觀相悖的黑暗世界。

當時，一直極力招攬新人才的畚箕大仔周淳風，看上了這個年紀輕輕，表現極為優秀的檢察官，一心想要讓他替自己做事。

周淳風請白狐幫忙，明查暗訪了一年，終於被他們找到破口。

早年在鞏固地方勢力時，周淳風也安排了許多人力物力錢力，拉攏各地警方勢力，喝花酒、收賄樣樣來，這其中就有一個警察牽涉在其中，那就是他那已經退休的警察父親高俊德。

高俊德等人收賄事件被揭發之後，遭記過調職，後來因過往的紀錄一直沒有辦法獲得晉升，一直當一個低階警員直到退休。

看準了這一點，白狐再次找上高俊德，熱情款待，最後把他帶入東泊幫的賭場，利用千術，讓他輸了好幾百萬，欠下鉅額賭債。

「錢還不出來，就留下一手一腳，不然，就叫你兒子來幫我們，怎麼樣？」拿著一疊高俊德自己按指紋畫押的借據，白狐露出詭詐的笑容。

直到這一刻，高俊德才發現自己中了白狐的奸計，但一切都已經來不及了，他被十幾名幫眾，加上白狐，押回自己的家裡，懇求自己的兒子救他。

從這一天開始，高聯成的世界、正義，徹底崩盤。

他們讓高聯成在地檢署作為自己的內應，提供情報，以及對付時常針對他們的刑警，他沒有任何選擇的餘地，只好乖乖照做。

而這段期間，高俊德也一直被軟禁在東泊幫為他安排好的住所，連久久回家看家人一趟，也是有一群幫眾看著，直到高聯成為他們工作了兩年，信任度基本上足夠了，周淳風也認為他是本幫的一份子了，才把高俊德給放走。

就在這時候，高聯成佈局兩年之久的制裁計劃，正式開始實行，他要重拾自己的正義之路，制裁那些可恨的邪惡份子。

「事情就是這樣，這下子你懂了嗎？我的正義。」高聯成將過往一切和盤托出，接著他伸出自己的手，五指伸直併攏、手心朝上，對KH做出了個「請」的手勢。

「我不懂。」頂著冷風，在這裡聽高聯成大談闊論了十分鐘的KH，一臉像是在看神經病的樣子，直盯著他看，不知道該回答什麼。

「是嗎？我還以為你會明白我的，當初被迫幫他們做事，我的心早就已經放棄，但我看見你的所作所為，清除殺手，清除那些吃人的害蟲，我才發現了你的正義，一種縱使做了錯事，也要貫徹到底的正義，我這樣做，都是在效法你的正義啊！」

「不好意思，我想你誤會了，我做的事情跟正義一點關係都沒有，我只是個可惡的殺人犯，你也是。」KH直接了當的否定了高聯成的觀點。

「你說什麼……」把KH視為偶像，一心想像他一樣貫徹正義的自己，卻被說只是個可惡的殺人犯，高聯成完全無法接受，臉上的表情漸漸從陰狠轉化為憤怒。

「說得沒錯，你們都只是個殺人犯而已，除此之外，你們什麼都不是。」兩人話說到一半，又有另一個人走上頂樓，還拿著槍指著他們。

「龍警官。」高聯成望著站在門口的龍顯說：「沒想到你也找到我了。」

其實，從 KH 和高聯成兩人對峙開始，高聯成脫下帽子那一刻，龍顯就已經躲在門內了。

下午偵訊時，他從白狐口中問到高聯成就是制裁者之後，和 KH 一樣，把跟案子有關的人等重新清查了一遍，發現最有可能成為下一個目標的，就是副總統劉亦博。查到住址之後，龍顯分秒必爭，進入劉亦博的家中發現大門沒鎖，然後看到有一部電梯正朝頂樓上去，他馬上從樓梯跟上，只比 KH 晚到幾分鐘。

不馬上現身的原因，則是他想把剛剛高聯成說的一切，全都用錄音筆錄了下來，當作證據。

看似高聯成已經說完，而門外又有另一個他亟欲手刃的殺手獵人 KH，他說什麼都應該現身了。

「殺人犯……是嗎？我一心貫徹正義！我沒有錯！錯的是他們！他們才是邪惡的！全部都該去死！去死去死去死去死去死去死去死！」高聯成發瘋似的掄起彎刀，

猛力的刺著劉亦博已經沒有頭的屍體，鮮血不斷飛濺到他臉上，看上去極為恐怖。

「夠了！」先喊出聲試圖制止高聯成瘋狂行為的是KH，不管怎麼說，他都不想在這時刻，看到這個可憐的人發瘋成這副德性。

他能理解高聯成的想法，也能理解為何他會將自己當成正義的代表，但他的所作所為，就只是一個以正義為名的屠殺而已。

如果當時自己沒有找上Ruse，當上獵人，讓自己的仇恨有個出路、有個目標，現在的他，可能就會變成眼前的高聯成。

聽到KH的聲音，高聯成停下了動作，放下手中滿是鮮血的彎刀，背對著他們，慢慢的，走向頂樓的最邊緣。

跟剛才一樣，他眺望著整個城市，底下的車水馬龍、五光十色，無比絢麗的夜景，那個充斥著金錢腐敗的臭味的城市，接著他回頭看著KH說：「獵人，你怕死嗎？」

「我怕，但就是因為我很怕死，才有可能不會死。」KH回答了他。

「是嗎……但如果怕死，你就不會有使命感，不會有正義感，等到你不怕死的那天，你就懂了，就像我一樣。」高聯成說完之後，對KH露出了一個覺悟的表情，接著朝外縱身一跳，跳出了頂樓之外。

「不要！」看見高聯成跳了出去，兩人大吃一驚，KH 連忙奔向前去，靠在扶手邊，看著他不斷墜落，直到他落在遠在三十層樓下的地面，魂斷於此，只留下一句話就撒手人寰。

看著下面的場景，KH 一句話都說不出來，這時身後的龍顯逼近了他，槍口直指他的後腦勺。

看見高聯成跳樓身亡，龍顯卻一點也不在意，也沒有衝上前看清楚，對他來說，害死他拍檔的 Ruse 的手下，殺手獵人 KH，才是他最主要的目標。

背對著步步逼近的龍顯，KH 知道那來自後方的威脅，他不慌不忙的雙手伸進大衣口袋，屏氣凝神的警戒著。

「接下來，就是你跟我的事了。」龍顯說。

「怎麼？你要逮捕我？還是要殺了我？」KH 冷冷的問。

不可否認的，在一開始走上頂樓，看見 KH 的一瞬間，龍顯是真的想要就這麼一槍崩了他。但是，在他聽完高聯成的一番言論之後，他才驚覺自己想做的事情，竟然跟他一樣。

正義染上仇恨，還能算是正義嗎？

KH剛才說他不是正義，難道他是因為要復仇嗎？

「你做這些事，殺掉這麼多殺手，是為了復仇嗎？」龍顯問。

「是又怎麼樣？這不關你的事。」KH不屑的回道。

果然是這樣嗎？如果是為了正義，那麼亞風一定不會選擇在這裡殺了他，而是交給法律來制裁。

「我要逮捕你，我現在以殺手獵人連續殺人案，將你逮捕，束手就擒吧！」龍顯說完之後，從褲子後口袋拿出手銬來。

聽到手銬的金屬碰撞聲，KH露出微笑，他一直賭的，就是龍顯不會選擇當場開槍射殺他，而他，就是在等這個時機。

身體一轉，右手一揮，三柄小刀倏地飛向龍顯，龍顯大吃一驚，向一旁閃退兩步，躲過這突如其來的攻擊。

「住手！」一閃過小刀，龍顯立刻拔槍，沒想到這時侯又有一個圓盤狀物體飛了過來，他沒得選擇，只好扣下扳機。

當子彈打中那圓盤時，激活了引線，隨之而噴發出的大量彩色火花，瞬間奪去了他的視線。

這個圓盤就是下午KH闖進高聯成家裡時，順手帶走的煙火，本來只是想看看裡面是什麼構造，卻沒想到可以派上用場。

而當火花噴發的那一剎那，KH藉此離開，躲過了龍顯的逮捕。

「可惡！」火花消散，KH早已不在頂樓之上，龍顯這時才緩緩的走到頂樓邊，往下看著高聯成墜樓的屍體，深深嘆了一口氣。

22

隔天一早，在黃色封鎖線外，聚集了大量的人潮，媒體也不會放過這個千載難逢的大新聞，一個晚上，死了一個國家副元首，兇手竟然是一名檢察官。

而且這名檢察官，就是最近殺了許多政要和角頭、商人的制裁者。

社會上風聲傳得沸沸揚揚，各種陰謀論傾巢而出，政論節目裡名嘴說得口沫橫飛。

有人說這是繼殺手獵人KH之後，又一項對社會現實不滿，而進行的連續殺人。

有人說這是一場組織性的恐怖行動，為的是消滅當局政權，而高聯成就是被組織派來的臥底。

不管怎麼說，他們都沒有說中事實，高聯成心中所想的，也只有KH和龍顯兩人知道。

但，這個也真的是事實嗎？至少高聯成自己是這麼相信的。

事件解決之後，刑事局偵一隊辦公室裡大肆慶功，最大功臣當然是龍顯和夏穹。

「恭喜你，龍警官。」夏穹對龍顯舉杯。

「謝謝。」龍顯點了點頭，報以微笑。

看著大家歡喜慶功，龍顯很明白，這一連串的事情裡，沒有誰是最後贏家，KH、高聯成，以及最後錯失良機沒逮到殺手獵人的自己，都是輸家。

最後，他選擇離開喧鬧歡騰的辦公室，走到吸菸室裡，點起一根菸，靜靜的看著窗外的天空。

不知道未來怎麼走，能走多遠，不過只要堅信他和亞風心中的正義，應該就是弔祭這好拍檔的最好方式吧！

「亞風，你說是嗎？」龍顯右手掌貼在玻璃上，淚水模糊使他看不清楚自己的倒影，但朦朧的視線中，他彷彿看見了亞風就站在他的身後，對他肯定的微笑。

「你行的。」幻影裡的亞風拍上了他的右肩膀，如此的對他說。

龍顥閉上眼睛，伸手摸向自己的右肩，雖然知道亞風不在這，他的心還是感覺到了一絲絲的溫暖。

「謝謝你，拍檔。」龍顥流著淚，微笑著說。

KH此時也坐在自己家裡的床上，看著窗外照射進來，在黑暗的房間裡劃出一道金黃的陽光。

所謂的正義是什麼，他從來沒有多想過，一直以來，這個社會上對他的評論不斷，有人說他是正義，有人說他是邪惡。

不過他心裡很明白，這一切都只是復仇。

原本他大可什麼都不在意，而他的確都是這樣，三年多來都是，不管誰怎麼想，他總是只看眼前的目標，總有一天他要手刃那個殺害他全家的殺手。

只是昨晚，他看見了魔化的高聯成，看見那極為扭曲的正義，最後，他釋懷了，不論正義，他說的是使命感。

那KH自己呢？自己曾有看透自己的時候？或是有看透自己的那一天呢？

一直以來，他都認為親手為家人報仇，就是他的使命。

那麼，真正的使命感，他真的擁有嗎？是不是在自己真的不怕死的那天，才有可能會知道？

KH 想不出答案，所有的疑問，都像他口中吐出的白霧一般，圍繞在他的身邊，卻又揮之不去。

太陽升起，又終將落下，入夜之後，人民關注這個不關己事新聞的熱度，也漸漸散去，只剩下電視新聞不斷輪播，或是發表一些似是而非的陰謀理論，企圖多增加一點收視率。

Ruse 坐在酒吧裡喝著酒，看著新聞，今天酒吧沒有營業，他不想讓閒雜人等進來這裡。

因為他在等人，很重要的客人。

門上的鈴鐺，又隨著開門而響起，無視門外「CLOSE」字樣的木牌，來人就是 Ruse 正等候許久的重要客人。

執政黨ＸＸ黨的敵對黨派，在野黨總統候選人，鄭潮洋。

「恭喜你，除掉了心腹大患，這次總統選舉你一定是萬無一失了。」Ruse倒了一杯伏特加，遞給鄭潮洋。

「這一切都多虧了你，絕對沒有人想到，這宗殺人案，是我們策劃的，來！我敬你！」鄭潮洋坐到吧檯邊，開心的舉杯與Ruse對飲。

事情回到兩年前，當時鄭潮洋，身為執政黨ＸＸ黨的敵對黨派的黨主席，對於自己的聲望一直不如他們，感到很苦惱。

於是他想方設法做形象、做公關，為的就是提高自己黨派的聲望，試圖在兩年後的總統大選，一舉獲得大位。

只是，他無論怎麼做，似乎都沒有辦法改變ＸＸ黨如日中天的驚人聲望，最後他聽人介紹，找上了素有「謀神」之稱的Ruse，來幫他想辦法解決。

當然，他根本不知道，退隱許久的Ruse，是一個以仲介殺人為業的殺手經紀人。

Ruse見了鄭潮洋，聽他分析了所有情況之後，只是回了他一句話。

「如果提升不了自己的聲望，那不如就把他們的聲望給毀了，不是嗎？」Ruse看著他問道。

此話帶給鄭潮洋一個當頭棒喝，政治原本就只是一場戰爭，誰能拉攏最多人民支持，就能獲得勝利。

方法從來就不是重點，不能往上，就把別人往下拉。

「怎麼毀掉？」鄭潮洋問。

「時間到了我自然會告訴你，不過你要有所覺悟，我的所有計策，都是會死人的。」

「死的是誰？」

「自然不是你，如何？有所覺悟了嗎？」Ruse 喝了一口酒，徐徐的說，彷彿就不把人命放在眼裡。

鄭潮洋思考了一會，最後對 Ruse 說：「只要能達成目的，我不擇手段，一切就拜託你了。」

「放心吧。」Ruse 放下酒杯，微笑。

此後的兩年之間，Ruse 不斷找尋最適合他計劃的執行者，在這個計劃裡，他只需要一個弊案，還有一個人，正義感十足的人。

弊案只要有錢就做得出來，錢撒下去就有人乖乖會拿，非常簡單。

重點是這個有正義感的人，他需要的是極為扭曲的正義，唯有這樣，才能做出一般人做不出來的殘忍屠殺，以及被否定後的自我毀滅。

於是他找上了高聯成，引導了白狐和周淳風找上他，讓他陷入正義感扭曲的第一步。

再來製造弊案，不需要多，他只需要將ＸＸ黨裡，某幾個只貪錢的政客全部都拖下水，副總統劉亦博倒是他意料之外的小收穫。

為了確保高聯成扭曲的成長，他想盡辦法親自接近他，包括他下班或是休假時會去的圍棋館，作勢找他下棋，實則不斷灌輸他，試圖洗腦他。

其中就包括殺手獵人是正義的這件事。

一個炸彈布置了兩年，只需要點燃引線，於是他說服東泊幫將高俊德釋放，讓高聯成毫無罣礙，最終引爆了這顆殺人炸彈。

一切的一切，都只是在Ruse的算計中，沒有人可以例外，獲利者也只有一個人，那就是鄭潮洋。

用鮮血和人命換取來的政權，會對人民造成什麼影響，Ruse不感興趣，也不想知道，他收錢辦事，不問原因，也不承擔後果。

他感興趣的，則是這件事落幕之後，他想知道的另一個問題的答案。

沒有深聊，鄭潮洋待了不久就離開了，人走後，Ruse 靜靜的收拾吧檯，等待他今晚的第二個客人進門。

約莫過了一個小時，酒吧的門又被打了開來，走進來的人，竟是夏穹。

「夏探員，辛苦了。」一見到夏穹進來，Ruse 又拿出了杯子，倒了兩杯紅酒。

「真的是辛苦了，一邊辦案一邊幫你查事情，不輕鬆啊！」夏穹在吧檯邊坐了下來，接過杯子，一飲而盡。

「這是感謝你的。」Ruse 從吧檯下拿出一紙牛皮紙袋，遞給夏穹。

夏穹接過之後，將紙袋打開，裡面裝的是滿滿的鈔票，他滿意的收了起來，又向 Ruse 討了一杯酒。

「那我請你查的那件事，確定了嗎？」Ruse 看著夏穹，裝著紅酒的杯緣漸漸靠近自己的嘴唇。

「確定了，他一直是警方的臥底沒錯，而且他上次給你的資料，裡面有假。」夏穹又是舉杯一飲而盡。

「果然是嗎……」Ruse啜了一口紅酒，接著露出極為陰狠的笑容，說：「那麼，接下來，就是要殺掉龍顯了……」

《殺手獵人K.H.》Case Three，完

外傳——愛與欺騙，鬼塚和延的殺手之路

1

「一、二、三！」穿著純白色劍道服，表情剛毅、兩鬢斑白的劍道老師走在偌大的道館裡，對他的學員們大聲喊著。

「喝、喝、哈！」配合著老師的節奏，近百名在這裡上課的學員認真的揮舞手中的竹刀，絲毫不敢懈怠。

這裡是東京在全國享譽盛名的劍道館之一，巖流燕飛館。

從這裡出來的學員，在全國大大小小的比賽中都得到過不錯的成績，這也是這裡聲名遠播的原因。

然而，更讓人趨之若鶩到這裡學習的主要原因，不單單是優秀的學員輩出，在這裡擔任劍道指導的各位老師的名聲，更是引起大家說什麼都想來燕飛館學習的興趣。

稻垣資五郎，這位以日本現任劍聖之姿，立足在日本劍道界頂點的超級高手，正

是燕飛館的館長。

這位自小學習古老巖流一派的劍聖，為了推廣本派的劍道和培養優秀的下一代，經常在處理完公事後的剩餘時間，來到道館裡幫忙指導學員。

大家在見到這位傳說中的劍聖後也絲毫不敢怠慢，從上到下、老師到學員，無一不勤加訓練，就只是想要換來這位頂級劍客的一聲讚美。

「好！早上的練習到此為止，解散！」在長達一個早上不間斷的練習後，老師讓大家稍作休息，等等到食堂集合吃午餐。

「啊！終於可以休息了！」聽到可以解散之後，一名少年迫不及待的跑到牆邊放下竹刀，拿起自己放在地上的礦泉水猛灌。

大口大口的喝水來補充自己流失的水分，少年一口氣喝完足足有600CC的礦泉水瓶裡的水，接著便在地上躺成個大字，心滿意足的拍拍自己的肚子，還打了個嗝。

「你還真是喜歡躺在地上啊！立花！」另一名皮膚黝黑的少年把竹刀架在肩膀上，走過來對躺在地上的立花說。

「有什麼辦法嘛！每天訓練完，我全身的肌肉都累壞了，哪像鬼塚你啊！壯得跟一頭牛沒什麼兩樣、劍術又這麼厲害！」立花伸手握拳，敲了敲剛在他身旁坐下，鬼塚他那雙把肌肉練得硬邦邦的手臂，說：「看來這次燕飛館推派出去參加全國劍道大賽的代表，其中一定有你了。」

「你少貧嘴了。」鬼塚用竹刀握柄敲了立花的頭一下：「別忘了兩個月後的聯合集訓，那才是真正選出參賽代表的時間。」

「說不定早就已經內定了呢！」立花把手枕在頸後，看著道場的天花板喃喃的說：「真好耶！才二十歲就可以參加全國比賽，好羨慕你唷！」

「你還說！」鬼塚這次用刀身打向他，沒想到他竟然出手接住了。

「你以為我是初學者啊！咧咧咧！」立花迅速的爬起身，對鬼塚拍拍自己的屁股挑釁後拔腿就跑。

「你這臭小子！別跑！」鬼塚邊笑邊拿竹刀追上去，兩人就在道場裡你追我打的，引起許多人的注意。

這其中除了站在一旁看好戲的學員之外，也包括了馬上跑過去把兩人抓到門口罰站的老師。

另外，還有從道場的一角投射過來的，那雙充滿恨意的眼神。

午餐時間過後，學員們穿上專用護具，準備下午的對戰訓練。

基本上劍道段數不同的學員們之間是不會對打的，所以道場裡被分為許多部分，同段數的學員們互相交互做對打訓練。

想要向上提升段數，除了加入的時間長短之外，就是必須找老師進行段數升級考試，因此就有許多資質較好的學員，在短短的時間裡就升到很高段的情形發生，鬼塚就是那少數資質較好的學員其中之一。

鬼塚是在父親過世前幾年來到這裡，因為父親曾跟他說過修練劍道才能成為一個真正的男子漢，劍術越強、心就越堅強。

因為父母離異，從小看著把自己拉拔大的父親一直以來的堅強形象，加上他也是一個在日本國內數一數二的劍道高手。

而為了讓自己能夠和父親同樣的當個真正的男子漢，鬼塚在這方面一直不敢懈怠，即便兩年前父親過世後自己失去了經濟支柱，但他仍然是選擇白天上道館、晚上打工，拚命掙錢讓自己生活和付學費，也讓自己能夠繼承父親生前一直堅持讓他學劍道的願望。

強烈的堅定之心，加上承繼自父親的劍術天分，鬼塚在短短的五年之內，就從初級生快速的晉升為燕飛館第三主將，其堅強實力有目共睹。

「我先過去囉！」鬼塚穿好護具後跟立花道別，準備走去較高段數學員的對戰場地。

「加油啊！等等我會去幫你加油的！」立花對鬼塚揮揮手。

「你還是顧好你自己吧！跟我同時進來燕飛館，可現在才升了幾段啊？」鬼塚把竹刀架在肩膀上，左手比出兩根手指頭晃來晃去。

「人各有志嘛！而且我天分又沒你好，慢慢往上爬也是情有可原的唷！」立花很看得開的呵呵傻笑著。

「我看找時間來和你一對一訓練好了，包準你半年內再升兩級，怎麼樣？」

「拜託你饒了我吧。」立花表情哀怨的求饒著，他可沒忘了一年多前的審查會升級考前一個禮拜，鬼塚那有如地獄的週末兩天一對一訓練。

雖然訓練結果讓自己從萬年一段生升級成三段，但那段日子可實在讓他不敢恭維，連想都不想要再想起那恐怖的兩天。

「哈哈哈！」鬼塚看見立花愁得像苦瓜的臉，不禁笑了出來，這時集合時間已到，道場的老師們紛紛將各段數的學員集合起來，於是兩人便先各自到對戰場地去了。

有別於其他人數眾多的對戰場地，鬼塚待的地方包括他在內就只有六個人，這六位就是燕飛館的前六大主將，依序有第一主將西相寺隼人、第二主將高木渡、鬼塚自己、田中新介、中島十三還有久保進。

這六人在劍術上各有所精，但其中修練居合道的，就只有隼人和鬼塚而已，所以每次的對戰訓練中只有他們兩個是不換對手的，從頭到尾只有他們兩人互相拚鬥。

能夠常常和第一主將做對戰訓練，藉以增進自己的實力，鬼塚很珍惜這樣的機會，在對戰時每每出盡全力，就是為了想要更靠近隼人一步。

然而，面對像鬼塚這樣的天才型劍客，隼人卻很不以為然，身為燕飛館學員中最高點王者的他，實力是用好幾年的時間慢慢墊起來的，所以很討厭這種能夠輕輕鬆鬆爬到頂點位置的天才。

尤其隼人出身於名門世家，是家財萬貫的西相寺財團的獨子，看不起鬼塚的貧窮，所以一直想要把鬼塚從第三主將給打下去。

「主將！我要上了！」戴好頭盔後，鬼塚抓著竹刀朝隼人衝了過來，而右手抓刀、左手慢條斯理的戴上頭盔的隼人，在輕鬆的用單手架開他的居合斬之後，一個矮身出刀，瞬間擊中了鬼塚毫無防備的右頸。

隼人的力道之大，自竹刀上傳來巨大力量竟然穿透了護具，刺進了鬼塚的皮膚，他一個吃痛閃神，隼人的竹刀立刻追了上來。

「砰」的一聲，鬼塚的頭盔被隼人給打飛，強大的力道不僅落在厚實的頭盔上，也重擊了他的頭。

完全沒想到隼人會對他下這樣的重手，鬼塚不可置信的瞪大眼睛摔倒在地，頭一暈直接昏倒。

「這，就是差距。」在眼睛完全閉上之前，鬼塚看到隼人走到他的面前，用竹刀指著他的鼻子說。

「你還好吧？」便利商店的店長看到鬼塚用繃帶包成一大包的臉頰，擔心的問道：「跟人家打架嗎？」

「不是啦……」鬼塚摸摸自己腫得不像話的臉頰說：「這是練劍道的時候不小心受傷的。」

「原來是這樣啊！燕飛館裡厲害的人很多，高手對決受傷難免嘛！想當年啊……」店長拿著吸管當成竹刀揮了起來，開始長篇大論他幾年前在燕飛館學劍道的種種歷史。

不知道已經聽了幾次，都快要把那些故事背起來的鬼塚無奈的陪笑，聽完後才無力的走到員工室裡面換上打工的制服。

「那我先走囉！明天的訓練也要加油啊！」店長在鬼塚出來櫃檯之後就要下班回家，出去之前還是拿著吸管不斷揮舞著。

「好……」鬼塚禮貌性的鞠躬目送店長離開，並擠出一抹僵硬的微笑。

2

凌晨時分，下班回到租賃的小公寓後，鬼塚在客廳裡放下東西後直接朝浴室走去。

轉開水龍頭，熱水瞬間從蓮蓬頭口傾瀉而出，水一滴滴的打在他身上，白色的煙霧在浴室裡迅速蔓延開來，直到他完全看不清楚鏡子裡那個受傷狼狽的自己。

一掌打在鏡子上，鬼塚用力的撕開包在臉頰上的繃帶，他拚命的思考著，拚命的想要思考出隼人討厭他的原因。

可是他沒有答案，自己是多麼的努力想要精進自己的實力，是多麼高興及珍惜和主將練習的機會，卻換來他輕蔑的眼神和無情的攻擊。

單純的鬼塚想不透其中的原因，他單純覺得一定是自己不夠努力，讓隼人認為自己懈怠了，才會換來這種結果。

於是他決定了，要更加倍努力，一天一天的超越自己，總有一天主將一定會認同他的。

鬼塚拚命強化自身劍術的精神，並沒有迎來預期的好臉色，反倒是他在實力上越來越靠近隼人，隼人就越看他不順眼，練習時下手也越來越重。

「你給我跪下！」隼人用力的將手中竹刀打在鬼塚的膝蓋後方，他一個吃痛差點跪了下來，但他依舊用強硬的意志力死撐下去，還順勢出手在隼人臉上狠狠的轟上一刀。

這一記猛刀讓隼人大吃一驚，沒想到鬼塚已經進步到這種程度，無法接受事實的他扯下全身笨重的護具，抓起竹刀朝鬼塚衝了過去。

「什麼？」不知道自己的攻擊會帶給隼人這麼大的刺激，鬼塚來不及反應的任由隼人在他身上猛烈攻擊，全身護具一一鬆脫掉落他還不罷休，幾乎打得鬼塚全身都快痛得散架了。

「主將住手啊！」立花遠遠就看到隼人像在打狗一樣狠狠的用竹刀毆打鬼塚，他緊張得和幾名學員衝上前去把他抓住，才救了躺在地上痛到無法動彈的鬼塚。

這麼嚴重的事情發生在燕飛館裡可算是非同小可，館長稻垣資五郎親自出面把隼人給找到辦公室去，狠狠訓了他一頓。

道館裡發生鬥毆事件是絕對不容寬貸的，但西相寺隼人有財大勢大的西相寺財團當靠山，就算是館長稻垣也無法隨意將他趕走，於是在幾位老師和股東的討論之下，給他的懲處就是將他第一主將的位置下降到第六主將，並取消他全國大賽的參賽種子選手資格，必須和其他學員一起參加集訓後再從中選拔。

雖然只受到這麼輕的處罰，但隼人心裡一樣忿忿不平，他認為一切都是鬼塚這可惡的窮小子害的，受到處罰的他不但沒有反省，反而心中對鬼塚的那股怨恨是越來越重。

「唉……」在醫院的病床上躺著的鬼塚看著天花板，嘆了一口氣，他身上雖然只有一些皮肉傷和幾個禮拜就會復原的輕微骨折，但他心中受到的傷可沒表面上那麼容易恢復。

一想到今天下午隼人瘋狂用竹刀打他時說的話，就足以讓他介懷到睡不著覺。

「窮小子憑什麼跟我平起平坐？」這是左手被重擊時聽到的話。

「低下的狗注定就要在路邊乞食！給我放下竹刀！」這是隼人拚命攻擊他的手腕要讓他放下竹刀時說的話。

還有更多更多不堪入耳的醜陋語句，隨著隼人竹刀落在他身上時都會從他的口中說出，每想到一句，鬼塚身上被打的地方就會抽痛一下。

窮人就注定被看不起嗎？有錢人才有資格拿起竹刀嗎？鬼塚閉上眼睛回顧自己的身世，以及和隼人之間的種種衝突。

最後，他想起父親臨終前對他說的那句話：

「真正的男子漢不會介意別人對自己做了什麼，最重要的是自己所做的一切對不對得起自己。」

張開了雙眼，鬼塚知道自己不應該介懷自己跟隼人之間的關係，最重要的是全神貫注在自己最想要做的事情上，唯有在劍術上繼續精進，才能夠對得起自己，也對得起死去的父親。

「老爸，我會衝破困境繼續前進的，我要成為像你一樣的男子漢。」鬼塚舉起右手，和眼前出現的父親虛幻之影互擊了拳，接著他開心的閉上眼睛，沉沉的睡去。

這個時候，一部高級跑車在深夜時分緩緩停在鬼塚所住的醫院門口，車裡面的人並沒有下車，他只是把車窗搖了下來，然後從駕駛座裡面用怨毒的眼神瞪著醫院的大門口。

「鬼塚和延，你走著瞧。」駕駛座上的西相寺隼人惡狠狠的瞪向鬼塚所住病房的窗戶，接著關上車窗驅車離去。

兩個月後清晨五點，日本和歌山縣，高野山群缽伏山腳。充滿靈氣的高野山脈，是日本著名的靈山之一，在古代是許多修行僧之間所熟知的修行之地。

今天，燕飛館的學員們在館長稻垣賫五郎和其他老師的帶領之下，來到這裡參加為期五天四夜的合宿集訓。

兩個禮拜前傷癒，且花了一些時間恢復身手的鬼塚也和其他五名主將，還有幾位主動報名參加集訓的學員，他們就算沒有機會搶進全國大賽名額，也想要看看能不能藉由參加集訓在短時間內增強自己的實力。

一群人各自揹著一把竹刀，以及個人自由攜帶的生活必需品，將近五十人浩浩蕩蕩的走在由人工修築出來的石道上。

體力還不錯的幾位主將們和老師們走起山路來顯得怡然自得，但後方那些吊車尾的學員們可就完全跟不上他們的步伐了。

包括硬要跟鬼塚一起來的立花在內，大概有三分之一的學員和前方隊伍之間的距離越拉越開，才上山不到三個小時，前方的老師們已經看不見後面的人，連他們拚命喘氣的聲音都聽不到。

稻垣見到這種情形，馬上叫前方的人全部停下來歇息，等後面的人跟上之後再繼續前進。

「喂喂喂！立花你還好吧？」前面的隊伍一停下來，鬼塚馬上放下行李往下面跑去，跑了一段距離後就看見用竹刀當拐杖撐著地、一臉快要虛脫的立花。

「我、我想休息……」立花雙腳抖啊抖的就快要坐了下來，鬼塚沒辦法，只好攙扶著他繼續往上走。

「這裡就是我們這五天要住的地方，你們進去放好行李之後，馬上出來集合！」負責帶領大家的老師佐藤英洋，站在大家合宿要住的小木屋門口對大家喊道。

「是！」除了體力較好的學員之外，其他人有氣無力的回答道。

五個小時的爬山路程讓大家累得苦不堪言，隨便找了個床位放下東西之後，大家立刻跑到門口。

一出門口，大家看見老師們正開始準備烹調午餐，讓他們看了肚子都餓得咕咕叫。

「我知道大家現在都很餓，但等到午餐煮好還要等上一段時間，現在有一個任務想讓大家去做，當作是這個集訓的第一課程。」佐藤說完之後，從小木屋旁的倉庫裡拿出好幾個竹籃，對學員們說：「現在分成兩兩一組，分頭到後方的森林裡面去撿柴火，作為晚上燒熱水洗澡之用，一個小時後再回到這裡用餐，懂了嗎？」

「我有問題。」立花舉手大喊。

「什麼問題？」佐藤問。

「這個項目有列為集訓的評分項目嗎？」立花說完之後，還沒得到答案，就先得到佐藤出其不意的竹籃攻擊。

「唉唷！」被竹籃砸個正著，立花蹲在地上摀住自己被丟中的鼻子，痛得連眼淚都要飆出來了。

「撿最多的那一組沒有加分，但是撿最少的那一組今晚就不能洗澡，這樣可以嗎？」佐藤露出充滿威脅性的微笑，看著立花說。

「是……」立花喪氣的低頭，引起其他學員哈哈大笑。

「你少說多做，自然而然就會輪到你去參加全國大賽了。」鬼塚一邊說，一邊撿著腳下散落一地的柴火。

「唉唷……不懂就要問啊！不問我怎麼會懂？是不是？」立花臭著臉嘟著嘴巴，在地上靠著樹幹坐著，還把跟撿柴火任務無關的野生菇類一根根的拔起來丟著玩。

「你歪理特別多。」鬼塚搖搖頭，繼續低頭自顧自的撿柴火。

過了一會兒，鬼塚見自己的竹籃已經快裝滿了，正要回頭看看立花撿得怎麼樣的時候，發現他竟然把竹籃丟在地上，人不知道跑到哪裡去了。

「立花！立花！」鬼塚邊找邊大聲喊著，四周望去皆是茂密的參天巨木，但怎麼找就是找不到立花的身影。

算算時間，差不多該回去小木屋集合吃飯了，鬼塚越找越急，最後索性放下礙事的竹籃，在樹林裡開始用跑的尋找立花。

時間又過了五分鐘，就在鬼塚準備要回去找人來幫忙的時候，突然發現立花趴在不遠處的瀑布前方，一臉驚奇的往上看。

「你這個傢伙！知不知道我有多擔心你啊？」鬼塚又氣又急的跑向立花，朝他的頭一掌揮下去，立花吃痛大叫。

「對不起啦！因為這個瀑布實在是太漂亮了！我情不自禁嘛！」立花揉著頭，用另一隻手的手指指向前方的瀑布。

鬼塚順著他指的方向看去，登時張大了口，因為他作夢也沒想過，日本境內竟然還有這麼美的地方。

高聳到有如天頂落下的白色水瀑，反射了自山陽處照射過來的陽光，整道瀑布就像銀白色的天女布匹一樣聖潔，再加上極為罕見的多重彩虹，由上到下分列掛在瀑布的兩旁，直到最下方深谷中的河川裡。

如此遠離世俗塵囂的自然美景，連要過來把立花叫回去的鬼塚都不自覺看傻了眼。

「天啊！這也太美了。」鬼塚表情驚嘆。

「對吧！搞不好有什麼神仙或是世外高人躲在這裡修煉呢！」立花異想天開的說。

「你會不會幻想太過頭了啊？」鬼塚看了他一眼，笑了出來。

美麗的絕景讓兩人看得出神，忘記了集合時間將到的事情，也絲毫沒有注意到他們身後響起的，那個不懷好意的腳步聲。

「啊！」緊盯著瀑布看的立花，突然感覺到背後有一股力量將他往懸崖邊推下去，他來不及抓住任何東西，大叫一聲就要摔到底下的萬丈深淵。

「立花！」鬼塚看到立花摔了下去，當下沒注意到那雙把立花推下去的手，自己伸出手就要把他抓住。

只是他沒想到一個人的下墜力量如此之大，正當他抓到立花右手腕時，重力加速度的力道超越他的想像，被摔下去的立花這麼一帶，自己也跟著他一起跌落底下的山谷。

而兩人跌下去之後，原本蹲在他們身後的西相寺緩緩站了起來，看著山谷谷底露出狡詐的微笑。

「這樣就沒有礙眼的傢伙了。」拍拍身上的灰塵，隼人揹起自己裝滿柴火的竹籃，一臉得意的離開山谷旁。

3

高野山脈某山谷中，溪流旁的破爛小木屋裡。

一個白髮蒼蒼的老人坐在地爐旁烤著火，爐上的鍋子中暗綠色的液體煮開了沸騰著，他低頭仔細搗碎缽裡的草藥，並把搗好的草藥鋪在洗淨的白布上。

緩緩站起身，老人手中拿著自製藥布，走到他身後躺在地板上鋪好的床上的鬼塚旁，小心翼翼的貼在鬼塚身上的所有創口上。

看了看鬼塚身上的傷，恢復的狀況非常良好，老人點點頭，便回到地爐旁看顧他正在煮的草藥汁。

過了半晌，正當老人將煮好的草藥汁從爐上搬下來，擱在一旁放涼時，鬼塚眼皮微動，緩緩的張開了眼睛。

映入眼簾的，是陌生破舊的木製天花板，他想稍微坐起身來看個清楚，發現全身一陣劇痛且動彈不得，他往下一看，原來全身多處被木板給固定住，身上還貼滿了大大小小不一還滲出綠色汁液的奇怪白布。

「這裡是哪裡？」只剩下眼睛和嘴巴還能自由活動的鬼塚，對著一旁拿扇子在對鍋子搧風的白髮老人問。

「你醒啦？」老人回頭，放下扇子走了過來，並坐在他的旁邊說：「這裡是我的家，你已經躺了好幾天了。」

「好幾天……我為什麼會到這裡來？」鬼塚問道。

「我帶你來的。」老人伸手在身上抓了抓癢，接著指著窗外說：「我去外面撿柴回來的時候，看到兩個人順著河漂了下來，於是就把你們都給救上來了。」

「兩個人？是立花嗎？他人呢？」想起當時兩人從崖上掉下來，原以為都死定了，沒想到掉到河中撿回一條命，他這時表情興奮的想要見和自己一起掉下來的摯友，沒想到老人只是對他搖搖頭。

老人臉上的肅穆表情說明了一切，鬼塚一臉不敢相信，嘴中直喃：「不可能……不可能……」

「你那位叫做立花的朋友，在我救起來的時候也還沒有死，甚至比你早了幾天醒來，只是他終究沒有你的命大，身上傷口發炎和潰爛的速度超過我的想像，醒來後發燒了三天之後就迷迷糊糊的死了。」老人看著眼淚早已潰堤的鬼塚，表情遺憾的從懷中拿出了一條項鍊，遞到他的面前。

這條掛有小型武士刀樣式吊墜的項鍊，鬼塚一眼就看出來，這是立花一直不離身，是他父親立花宗介送給他的重要項鍊。

立花宗介是稻垣資五郎最早的入門弟子之一，在日本巖流一派也是享有盛名，得過幾次全國大賽的優勝，是好友立花從小最尊敬的父親。

因為尊敬，所以立花跟隨了父親的腳步而學習劍道，雖然他並沒有繼承到來自父親的劍道天賦，但他心中還是存有滿腔熱血，從不輕言放棄。

「請你交給他，跟他說我可能要先走一步了，請他連同我的份一起努力……」連發三天燒，最後處於彌留狀態下的立花，口中含含糊糊的對老人說完這句話之後就撒手人寰。

聽到這裡，鬼塚已經泣不成聲，在他滿是傷痕的左手手掌中，緊握著立花臨終前託付給他的項鍊，還有項鍊中蘊含對劍道之路永不放棄的熱血。

又過了半個月，在老人細心照料下的鬼塚，傷勢終於恢復了大半，日常的生活起居都已經可以自己打理，還在身體許可之下，拿著自己削出來的木刀站在屋前的河邊揮舞自行訓練。

平時就閒閒沒事幹的老人也會坐在木屋旁，抽著菸草，津津有味的看著鬼塚做揮刀練習。

一天，鬼塚練習到一半，腦中突然浮現出好友立花生前的身影，不禁悲從中來，他邊落淚邊揮刀，將心中的悲慟藉由手中的木刀發洩出來，不自覺越揮越用力，打得眼前的河水四濺將他全身噴濕還不打算停住，直到身後飛來一根木拐杖打落了他手中的木刀，他才大吃一驚的回過神來。

猛一回頭，老人揹著一只裝滿野菜、草藥的竹籃，正在足足有百步之遙的河對岸，皺著眉頭望著他直瞪。

鬼塚一開始沒想這麼多，覺得可能是老人不讓他做這麼劇烈的動作而出手阻止他，但他仔細想了想卻大驚失色，河的對岸到這裡可是少說也超過七十公尺以上，這個年邁的白髮老人怎麼可能有這麼強的臂力和準頭，把拐杖不偏不倚的丟到他手中的木刀上面。

這點讓鬼塚百思不得其解，心想這老人一定不是普通人，於是在老人走到下游淺處去再渡河折回來之後，他立刻上前把拐杖交還給老人並問道。

老人一開始還不太想搭理他的問題，最後在他連續兩三天不斷詢問的疲勞轟炸之下，無奈的將事情的來龍去脈告訴他。

他的名字叫做谷川劍，不過這是他自己給自己取的名字，原來的名字他不願提起，數十年前來到這裡隱居之後，便將自已居住在山谷下的河川邊中的谷、川二字來為自己命名。

至於為什麼叫做「劍」呢？原因自然是谷川在來到這裡之前學了大半輩子的劍道，才會以「谷」下「川」邊之「劍」來當自己的新名字。

「劍？那您學習的是哪一派別呢？」鬼塚聽完之後很有興趣的問道。

「跟你一樣，巖流。」谷川抽著自製菸斗中的菸草說。

「嗯？」對谷川說出這件事，鬼塚感到十分驚訝，畢竟自己從來沒有說過自己學過巖流劍術，他是怎麼知道的。

「不用吃驚，我練了一輩子的劍道，如果連你那點功夫源自哪一個流派我都看不出來，那我這輩子就是白活了。」

鬼塚聽完後點頭稱是，這時谷川對他問道：「你的劍術路子跟我知道的巖流不太一樣，不過我有點印象，你該不會是稻垣資五郎的弟子吧？」

「沒錯，他也是我們燕飛館的館長，您認識他嗎？」

「他曾經在我的門下學過一陣子，他很聰明，懂得把學到的劍術加以消化再變成自己的東西，你練習時所走的刀意流向，跟他當年在我面前洋洋得意表演的自創招式一模一樣。」說到這裡，谷川搖搖頭接著說：「可惜啊！資質是夠了，人卻太過囂張，還沒全部學通就離開了我的道館出去闖天下，當年他要是待久一點，今天他的境界肯定不只是這樣。」

在鬼塚心中，稻垣資五郎可是日本的現任劍聖，其劍術實力有目共睹，可是眼前這老人卻是對這位在日本劍道界享譽盛名的大人物只感到惋惜，難道谷川還有什麼沒有傳授給他的絕技嗎？

「可是館長可是劍聖啊！難道這還不算是最高境界嗎？」鬼塚覺得，就算谷川還有什麼沒教給稻垣的，但他的確是一位將巖流劍術練至爐火純青境界的超級高手，這樣的境界應該不可能再提高了吧？

「呵。」谷川聽完後輕笑了一聲，接著便走到屋外，拿起鬼塚靠放在屋旁的木刀，緩緩的走到河邊。

鬼塚不明就裡的跟了出來，只見谷川左手握著刀身，右手握著刀柄，抬頭看著天空上恣意飛舞的群燕，全身上下散發出一股驚人的劍客鬥氣。

「看好了！喝！」谷川大聲一喝，手中的木刀以肉眼幾乎無法追上的速度拔出又回到左手掌中，谷川連續拔出三刀，都是以迅雷不及掩耳的急速出刀又回鞘，看得鬼塚雙眼瞪得老大。

讓他吃驚的不是谷川驚人的居合斬速度，而是他每揮出一刀，刀身就像延伸出去一樣，每一刀都準確的打中在天上飛舞的燕子，三刀過去，三隻燕子都被擊昏，摔落在谷川的腳邊。

「放心，我沒有下殺手，等等牠們醒來就會飛走了，一直以來都是這樣。」谷川輕描淡寫的跨過倒在地上的燕子，走到鬼塚面前並把木刀丟還給他。

看傻了眼的鬼塚接過木刀後，瞠目結舌的看著谷川說：「燕……返？」

這個比傳說還要傳說的夢幻絕技，徹底顛覆了鬼塚心中對於稻垣的無敵幻想，這招據說已經失傳幾百年的巖流絕招，才是真真正正的最高境界。

「沒錯，正是燕返。」谷川說。

「前輩您到底是什麼人呀？為什麼燕返會……」

「為什麼燕返會在我手中重現？很簡單，因為我是佐佐木小次郎巖流一派最後一代的傳人，而燕返從來就沒有失傳過，只不過這項絕技只傳給巖流正宗的傳人罷了。」谷川伸出手拍拍鬼塚的肩膀，微笑著說：「我看你資質滿不錯的，怎麼樣？想跟我學學正宗的古巖流劍術嗎？我可以教你。」

4

看過了谷川的巖流絕技之後，鬼塚大受感動，決定正式拜師，在完全傷癒出谷之前，專心的和他學習古巖流的所有劍術。

原本退隱山林不再授徒的谷川，也是始終找不到資質夠好又虛懷若谷的好弟子作為傳人而引退，如今在觀察鬼塚後，發現他的資質和當年的稻垣比起來是有過之而無不及，加上鬼塚重情重義讓他很欣賞，才毅然決然的將一身所學傳授給他。

雖然掉落山崖而失去了摯友和參加全國大賽的機會，但鬼塚決心繼承立花的遺志，致力精進自己的劍道實力，使他因禍得福，有幸學到谷川出神入化的巖流精髓。

雖然鬼塚已經學了幾年的劍道，不是初學者了，但谷川仍以最基礎的方式教他，不是之前學得不好，而是他要鬼塚學的是一套適合學習燕返的流程基礎。

從逆砍瀑布開始練習居合斬的速度和力量，後來是一連串的谷川承襲古巖流的拔刀術練習，就是要矯正鬼塚之前所學的稻垣一派的巖流姿勢。

持續不間斷的練習，對傷未痊癒的鬼塚來說很吃力，但這只是谷川對他身體狀況所衡量的「復健」級課程，光是練習量和時間長度，和谷川初學習巖流時的辛苦程度完全不能相提並論。

谷川著重在樸實的基本訓練，是古巖流一脈相承的方式，和稻垣重技巧的新式巖流劍道不同，後者是為了比賽所專門設計出來的攻擊法，前者則是不折不扣的殺人劍法。

雖然現在社會沒有常常用刀戰鬥殺人的必要，但刀本來就是砍殺之物，谷川認為後來以比賽為主改良的眾家劍術，比起老祖宗傳承下來的招式，根本就不值一哂。

一個月後，對古巖流劍術略有小成的鬼塚，在傷癒之後想要下山回燕飛館一趟，谷川答應後，給他指了出谷的路並給了他一些乾糧。

行前，鬼塚慎重的在谷川木屋旁的立花墓前鞠了個躬，便揹起行囊沿著河川下游離開山谷。

在荒無人煙的河床走走停停了兩天兩夜，第三天破曉時分，鬼塚終於走出了山谷，回到久違的都市叢林。

從和歌山縣搭乘列車回到東京，鬼塚先回到住處盥洗了一下，除去身上堆積了兩天的污垢，便前往燕飛館。

一進到燕飛館裡，大家看見鬼塚無不吃驚，幾個月前他和立花在山上失蹤之後，當地搜救隊和警察只在瀑布旁的山崖邊找到兩人的竹籃，所有人都以為他們凶多吉少了，沒想到還可以盼到鬼塚回來。

和他交情比較好的幾個學員紛紛上前擁抱著鬼塚，大家開心的痛哭並歡呼著，只是當他說出立花已經死在山谷裡的消息之後，學員們立刻又傷心起來，也有人走上前安慰眼眶又開始泛紅的鬼塚。

「我相信他一定可以安心成佛的，因為我一定會繼承他學習劍道的遺志，連同他的份一起努力。」鬼塚忍著眼淚對大家說。

同時，鬼塚平安歸來的消息也傳到了館長稻垣和其他教師的耳中，他們紛紛來到道場裡見見他，同時跟他說隨時可以回來上課。

見到館長稻垣，鬼塚其實很想跟他聊聊有關於谷川的事情，但他曾經交代過鬼塚，他的行蹤和住所絕對不可以曝光，不然會招來殺身之禍。

這點讓鬼塚感到很好奇，問他是不是結識了太多仇家，但谷川只是淡淡的對他說：「我曾經用我的雙手，握著刀做出天理不公的事，為了不再和外界有再多的糾葛，我才會躲到這裡來。」

谷川說到這裡便不繼續說下去，即便鬼塚多次追問，他也只是閉口不語，鐵了心絕不把這件事給說出來，但他依舊要求不能將他人在這裡的事暴露出去。

鬼塚沒辦法只好答應，連自己在山谷中接受過谷川訓練的那一段也沒跟任何人提起。

但鬼塚接受過谷川洗禮而實力突飛猛進這點，是明眼人都看得出來，尤其是將他視為眼中釘的西相寺隼人。

才剛取得全國大賽優勝，重回燕飛館第一主將位置的隼人，自然是不用和必須從一般學員重新往上爬的鬼塚進行對戰訓練，但他從其他學員與鬼塚的對戰中，明顯的看出來其劍術路子的差異性。

以前的鬼塚重技巧不重實招，志在比賽中以擊中對方頭手腰取得分數為主要練習方針，但現在的他每一次出手，明顯的帶有非常明確的招式流向，和燕飛館所教的方式完全不同。

他知道，鬼塚在那消失的四個月裡，一定有過非常不一樣的際遇，使得他一招一式之間都變得更強更有威力，對自己無疑是一個隱藏的大威脅。

即便如此，隼人在把兩人從崖上推下去之後，就算本身個性再怎麼無恥也承受了極大的壓力，這幾個月來他以劍修心，習得了武者該有的冷靜，已經不是之前那個會被衝動支配行動的自己了。

雖然心中對鬼塚還是相當的不服氣，但有一部分的自己還是承認了他的努力，懂得知己知彼才能百戰百勝的隼人，走到剛練習完正在休息的鬼塚面前，對著他舉起了手中的竹刀。

「我看得出來，你的實力和之前不同了，想不想試試你和我現在的差距在哪裡？」隼人望著眼前的鬼塚說道。

「有何不可？」鬼塚站起身，拾起放在地上的竹刀，嘴上掛著微笑，接受了隼人的挑戰。

在學員們的矚目之下，隼人和鬼塚久違的決鬥又開始了。

大家坐在地上圍成一圈，有人為主將隼人歡呼，也有人為鬼塚吶喊，只見兩人都未著護具，手中緊握著竹刀，劍拔弩張。

「開始了！」隼人大喝。

「好！」鬼塚回道。

兩人面對面小衝刺一瞬間拉近了距離，竹刀首次互擊傳來的聲響，使圍觀者們心中一震，接著兩人各自往後跳開一步，又回到了對峙的樣子。

隼人看著鬼塚，他手中的竹刀依稀還有剛才互擊時留下來的餘勁，沒想到鬼塚的臂力和腕力竟然有如此長足的進展，難道說那個墜崖沒有傷害到他的身體嗎？

大難不死又恢復良好，還獲得了進步，隼人怎麼想都覺得很詭異，畢竟這點絕對不可能是鬼塚自己就能辦得到的事，後面一定有什麼人，在那段他失蹤的日子裡幫他療傷並且指導他。

而且一定是一個非凡的人。

隼人想到這裡就覺得很不公平，心中的妒火又燃了起來，自己可是靠財團的關係才可以到燕飛館來學習劍道，而且也靠父親的手腕和金錢援助而獲得稻垣每個週末都到家裡來做個人指導的機會，但卻從來沒有進步得像鬼塚一樣神速過，憑什麼這窮小子就有這麼好的際遇？

妒火中燒的隼人沒有保留實力，他一刀一刀的對鬼塚使出他所能用的絕招、狠招，而鬼塚雖然依舊節節敗退，但他身體卻沒有一次真的被隼人手中的竹刀給打中過。

幾分鐘過去了，一直處於擋勢而敗的鬼塚和無間隙進攻而勝的隼人停了下來，兩人滿頭大汗的對視而站，這時隼人露出微笑。

只要得知鬼塚到底學到了什麼？而且是跟誰學？自己就不怕被他追上了，這點利用西相寺財團的力量很簡單就做得到。

「你真的變強很多，期待你再次進入主將之列。」隼人走到鬼塚面前和他握手，道場內頓時爆出如雷掌聲。

「謝謝你。」第一次被隼人承認實力的鬼塚伸出了手，開心的和他相握而笑。

練習結束之後，隼人開著自己的名貴跑車回家，一路上一直在琢磨著如何跟父親提起這件事，如果要利用財團的人力資源來查清楚鬼塚背後那個人的底細，一定要得到父親的同意才行。

「隼人少爺，您回來啦？」回到家裡下了車，年邁的老管家齋藤站在豪宅的大門口迎接他。

「嗯。」隼人點點頭，問道：「老爸在家嗎？」

「老爺和幾個朋友在客廳裡聊事情，吩咐我在您回到家的時候，請您過去一趟。」齋藤說道。

「好。」隼人聽完後又點了點頭，便進門直奔客廳而去。

隼人甫走進偌大華麗的客廳，便看見自己的父親西相寺隆輝、館長稻垣，還有一個從來沒見過的老者，三人坐在沙發上談話。

「爸。」隼人喚了一聲便走過去，此時三人同時回頭望向隼人，那名他沒見過的老者也看了過來。

老者臉上掛著看似親和的微笑，但雙目之中卻透出一股令人感到非常不舒服的氣息，隼人一瞬間被老者的氣息給震懾住，愣愣的站在原地不動，心跳速度不斷往上飆升。

隼人沒有經歷過這類的人當然不知道，其實老者所發出的氣息就是所謂的殺氣。

「這位就是貴公子吧！」老者笑了笑，眨了眨眼，剛才那令人感到窒息的殺氣頓時消失無蹤，隼人身體瞬間放鬆了下來，吐了一口氣。

「沒錯，他是我的獨子，叫做隼人。」隆輝為老者介紹道。

「看起來一表人才啊！未來西相寺財團交給他絕對是沒問題的呢！」老者笑著說。

「還早還早呢！現在還只是小毛孩一個！」隆輝揮揮手並哈哈大笑，接著對隼人說：「這位是台灣來的李先生，是我們財團十幾年來的合作對象。」

「李先生您好。」隼人鞠躬示意。

「說合作對象好像太過獎了吧！我充其量只是個殺手經紀人罷了。」老者對隆輝說。

「殺手？」隼人覺得自己好像聽到什麼奇怪的字眼。

「沒錯，我是殺手的經紀人，你父親想要買兇殺人，就會聯絡我。」老者望著隼人，露出一抹陰邪的微笑說：「我本名姓李，大家都叫我謀神G。」

「老爸……殺人？」還尚未從驚嚇中反應過來的隼人愣愣說道，他怎麼樣都沒辦法把自己的父親和買兇殺人這兩件事聯想在一起。

看到自己兒子一臉無法相信的樣子，隆輝便對他說：「生意和打仗一樣，對方人才挖得過來就得挖，挖不過來就得讓他死，總不能讓敵對公司繼續進步下去，這是我一直以來的營運方針。」

隆輝拿起桌上的紅酒喝了一口，接著站起來走到隼人的面前，握住他的肩膀說：「你做過什麼我都很清楚，前陣子你把那個叫做鬼塚的推下山崖，這種狠勁，就足以證明你夠資格繼承我的西相寺王國，所以我今天把G找來，就是要讓你早一步的踏進，這弱肉強食的世界。」

深夜時分，隼人躺在自己的床上，不斷思索著父親今晚講過的話，他一直以為自己之前所做的一切都是錯誤的，甚至還為此而帶有罪惡感，沒想到那個心目中最有能力、總是站在眾人頂點之上的父親，也是因為這樣做而成功的。

原來成功就是這麼一回事。

隼人緩緩閉上了雙眼，嘴角微微上揚，此時他心裡所盤算中的計劃，將在未來徹底改寫鬼塚和延的一生。

5

失蹤了三個多月，工作自然丟了，鬼塚重新在報章雜誌上尋找新工作，電話打了、履歷也寄了不少出去，在等待回音的期間，他向燕飛館請了個假，又來到了和歌山縣。

鬼塚到來時，谷川正坐在屋前把摘來的野菜分類，他低著頭對興奮跑向他的鬼塚說：「你來啦。」

對於鬼塚的到來，他並不感到意外，他知道這個小夥子對劍道有濃厚的興趣，再加上與死去好友有過承諾，他早猜到鬼塚會回來。

「這一次我一定要學會燕返。」鬼塚拍著胸脯，很有自信的說。

「還早呢！知道自己進步了一些就想飛啦？」谷川嘴巴上這麼說，但他心裡卻對這個在劍道上極有天賦的年輕人感到相當有信心，說不定他就是一個最合適的古巖流傳人也說不定。

訓練又展開了，這次比起幾個星期前那種輕輕鬆鬆的訓練不同，谷川給他的是古巖流最標準的一套課程，難度和之前的簡直是天差地遠。

從早到晚完全不停歇的艱苦訓練，往往一天下來，就把鬼塚搞得連碗飯都不想吃，就直接在地板上昏睡到隔天黎明，但他卻樂此不疲，差點讓谷川以為他有自虐症。

不過谷川很明白，這就是鬼塚真正的決心。

對父親境界的追求，對摯友的承諾，讓年僅二十三歲的他多了一份同年齡的青年所沒有的毅力和成熟。

「如果我離開燕飛館，也暫時不要打工，一直待在師父這邊練習，應該可以更快變強吧？」用手枕著頭，躺在木屋地板上的鬼塚如此對谷川說道。

「應該是這樣沒錯。」坐在火爐旁煮著晚餐的谷川回答。

「那我就先回去向大家道別吧！反正我也還有一些積蓄，經濟上面沒這麼窘迫，況且在這邊陪著師父，您老人家也不會寂寞。」鬼塚說。

「我從來就沒寂寞過，少朝著自己臉上貼金了。」谷川用鼻子哼了一聲，但背對鬼塚的他卻露出了一抹微笑。

「哦！是嗎？」鬼塚一臉不相信的點點頭。

「就是這樣沒錯。」谷川硬是不承認的回道。

在山中待了一個禮拜的鬼塚，翌日清晨便踏著輕鬆的腳步離開山谷，已經記熟路線的他這次僅僅花了不到一天的時間就出了山，連他自己都感到很驚訝。

回到住處的時候已經是深夜，他洗完澡之後覺得肚子有些餓，便出門到附近的便利商店想買些吃的。

「唉唷！這不是鬼塚嗎？這些日子跑哪去啦？聽說你從山崖上摔下去，沒事吧？」進了之前自己工作過的便利商店，話多的店長一看到他又打開話匣子說個沒完，鬼塚也只好像以前那樣一邊陪笑，一邊找著自己要吃的東西。

「你也知道嘛！不是我不讓你回來，因為新員工剛請了又不能馬上叫他走路，我也是有很多難處的啊！」在幫鬼塚結帳的時候，店長依舊說個不停。

「我懂，所以我才沒有來麻煩您。」鬼塚說。

「我就知道你這小子真是個好人，將來有機會……」店長才說到一半，店外突然傳來女人的尖叫聲，兩人透過玻璃看出去，只見到一個長相標致、身材姣好的外國女子，手中緊抓著包包的提帶，在她的對面則是有另一個男人正抓著包包的下緣，兩人激烈的拉扯著。

「搶劫啊！」女子用帶著濃濃外國腔調的日語大聲呼救。

「這個借我一下。」一看到別人有難，鬼塚二話不說拿走放在櫃檯旁的掃把衝了出去。

「加油啊！」店長站在櫃檯裡，一副等著看好戲的樣子為他打氣。

「你這個敗類給我放開！」敲斷礙事的掃把頭，把手中的竹棒當刀子耍的鬼塚使出許多劍道招式，硬是把搶匪給打得落荒而逃，放開包包趕緊一溜煙的跑得不見人影。

「妳沒事吧？」放下掃把，鬼塚把掉在地上的包包撿了起來，拍乾淨上面的髒污之後，遞還給那位女子。

「沒事，真是謝謝你。」那位女子接過包包之後頻頻點頭道謝，並對鬼塚說：「你的功夫好厲害。」

「那不叫功夫，是劍道。」鬼塚說。

「劍道……哦！我知道！就是那個拿竹刀子敲來敲去的比賽嘛！」

「呃……也對啦！」鬼塚不知道怎麼跟她解釋，只好尷尬的抓抓頭。

外國女子很有興趣的拚命問鬼塚有關於劍道的問題，鬼塚也很認真的回答她，兩人就這樣站在便利商店前聊了將近半個小時之後，他才一臉紅通通的回到店裡拿自己剛剛要買的東西。

「好一個英雄救美啊！」店長調侃他說。

「什、什麼？才不是呢！路見不平拔刀相助而已啦！」鬼塚害羞的付了錢就想走，店長則是對他剛才跟那位女子聊的內容很有興趣，於是把他拉住不停的問他。

「她叫 Lily 啊……」好不容易擺脫了店長的糾纏回到家的鬼塚，把買好的食物放在桌上動也沒動，一直看著天花板發呆。

從剛才的聊天中，鬼塚得知這個女子叫做 Lily Black，是一位在東京的補習班教導美語的老師，剛來日本不久，年紀只有二十五歲。

一開始鬼塚只是救人沒想太多，沒想到急迫救人的心情剛平穩下來，就馬上被眼前有著姣好面貌的 Lily 給電到了。

二十三年來都沒有交過女朋友的他，不知道什麼叫做一見鍾情，他只覺得自己的臉到耳根子都熱得發燙，腦袋一片空白完全不知道應該要做什麼。

不知道過了多久，等到肚子發出了抗議的咕咕聲，他才意識到自己已經發呆了將近兩個小時，窗外的天空都快要亮了。

匆匆忙忙的把東西扒得一乾二淨，上床休息前，鬼塚的腦袋裡又浮現出 Lily 的倩影，以及她提出的道謝邀約。

人生的春天一瞬間來到他的眼前，鬼塚拖著經長途跋涉早疲憊不堪的身軀入睡，準備迎接晚上美好的約會。

「我還以為你不會來了呢。」咖啡廳靠窗的位置，看得見東京市區五光十色的夜景，Lily 穿的連身洋裝將她的氣質和美貌完全襯托出來，害鬼塚的魂一瞬間都不知道飛到哪去了。

「怎、怎麼會。」下午匆匆忙忙起床、匆匆忙忙去道館向大家道別、匆匆忙忙的到街上買新衣服、匆匆忙忙的回家洗澡、匆匆忙忙換上新衣服，最後匆匆忙忙的趕到咖啡廳來赴約的鬼塚，全身上下被緊張感包圍的他，連笑容都顯得非常的僵硬。

「你沒有跟女生單獨出來過嗎？」Lily 問道。

「沒有。」坐在椅子上，腰板打得很直的鬼塚回答。

「你沒交過女朋友？」

「沒有。」

「呵，真是純情啊！那這次不就是你的初次約會嗎？」Lily 甜美的笑容讓鬼塚的心臟漏跳了一拍。

「是、是的！」鬼塚吞了一口口水。

「那我們今天就開開心心的度過吧！一定要讓今晚成為值得紀念的第一次約會唷！」Lily 對鬼塚眨了一下眼睛，女人無限嬌媚的威力讓他差點招架不住而昏了過去。

「呵，你真有趣。」Lily 開心的笑道。

兩人的進展如同想像中的順利，鬼塚似乎把要回去山谷中練習的這件事拋在了腦後，開開心心的和 Lily 度過了好幾天的甜蜜日子。

他們去了遊樂園、海邊，還有許許多多情侶必去的景點、拍了許多合照，漸漸的，鬼塚心中對 Lily 的感情一天比一天深厚，他甚至認為這個女人可能就是他的真命天女也說不定。

但感情歸感情，劍道訓練對鬼塚來說還是非常重要的，於是過了一陣子之後，他主動向 Lily 提出要離開東京一陣子的要求。

「這樣啊……那你可要抽空回來看我呀！我會很想你的唷！」Lily 和鬼塚坐在海邊看夕陽的時候，她抱住鬼塚並在他的臉上留下一個甜蜜的吻。

「一定會的。」鬼塚如此承諾。

「你的劍中有雜念。」練習到一半，谷川對正在做瀑布砍殺訓練的鬼塚這樣說，並叫他停下來。

「雜念？」鬼塚不明白的問。

「劍反映的是心，劍招一亂，表示你的心也在亂。」谷川在河邊坐了下來，用手中的拐杖指著他說：「是不是外面有什麼讓你掛心的人或事？」

一語道破，真不愧是劍道高手，鬼塚點了點頭，把這陣子在外面發生的事情全都告訴谷川知道。

聽完之後，谷川沒有什麼太大的反應，只是淡淡的說：「有心愛的女人沒什麼不好，但出色的劍客可以在手中握劍時就心無旁騖，無論有多少事情足以掛心，只要手中有劍，就必須做到人劍合一，只有這樣，才能夠學我的燕返。」

「是！我知道錯了，我會摒除雜念的專心練劍。」鬼塚深深的一鞠躬道歉，接著深吸一口氣，握緊了手中的劍後，繼續練習。

來來往往東京和和歌山好幾趟，鬼塚忙著練劍也忙著談戀愛，除了劍道實力不斷增加之外，他和 Lily 之間的感情也越趨穩定。

很快的，一年又過去了，今年的全國劍道大賽即將展開，鬼塚上一次失去了參賽的機會，這次他以個人名義報名參加，想要在全國眾多好手面前展現一下自己練習的成果。

減少約會的時間，鬼塚加緊時間在谷川的住處集中訓練，每天起床就練劍練到深夜，谷川削製木刀的速度根本趕不及鬼塚弄壞的數量，最後只好讓他用自己珍藏的真刀來練習。

「練這麼勤，你不累啊？」鬼塚自我加強訓練的進步神速，但這麼操勞的極端方式讓谷川感到很擔心。

「累啊！但我沒有別的招式可練了，必須把現有的練熟才行。」鬼塚說完後猛地拔刀，瞬間把吊在屋簷下的細細木柴從中間砍成兩半。

準度、速度和架勢已經都進入一流高手之境的鬼塚，讓谷川這個身為師父的感到很光榮。

看著認真練劍的鬼塚，谷川細細品嚐菸斗上傳來的菸草味，他覺得是時候把古巖流的絕技，也就是燕返傳授給他了。

放下菸斗，他走到了剛收回刀正坐在地上喝水的鬼塚身旁，拿起刀子對他說：「你知道燕返和一般的劍道招式有什麼不同嗎？」

「嗯？」谷川沒有徵兆的問出這一句，鬼塚一時間回答不出來。

「只要循著對的方式練習，擠進高手之林的劍客們，通常都會練出所謂的『刀氣』，而燕返，就是將刀氣發揮到極致的絕招。」谷川輕撫刀身，突然拔刀，瞬間將頭頂上就算舉刀也碰不到的屋簷給斬下一小塊，接著收刀說：「刀氣是極具遠距離威力的招式，也是在戰鬥中保護刀身不輕易損壞的防護罩，那些可以把對手的刀砍斷而自己的刀毫髮無傷的人，在戰鬥中就可以立於不敗之地。」

第一次這麼近距離看見燕返的鬼塚瞪大了眼睛，站起身來直問：「我也有刀氣嗎？」

「傻子，現在的你還不會有。」谷川把刀丟給鬼塚，說：「燕返的出招方式我可以教你，但刀氣必須是千錘百鍊而生的，多加練習吧！」

「是！師父。」鬼塚恭敬的鞠躬道。

6

一個禮拜後，日本全國劍道大賽在東京揭開序幕，來自全國各地的劍道好手紛紛聚集到這裡來，其中也包括了鬼塚，以及視他為眼中釘的西相寺隼人。

「加油啊！希望你的新師父的教導，真的能讓你的實力提升到足以進入決賽。」隼人站在大會會場的門口，對背上揹著竹刀的鬼塚說。

鬼塚看著眼前的隼人，他的眼神中早已失去他重回燕飛館時對自己的認同感，取而代之的是那雙眼中透露出來的不懷好意，以及深藏在裡面的暗暗殺機。

這些日子以來，隼人心境上到底又被什麼給改變了？鬼塚猜不出來，他只能對隼人點點頭，說：「我一定會讓你看到我的實力的，決賽見。」

「很有自信。」隼人笑了笑，轉身離開。

坐在賽場邊等待上場的鬼塚，時不時的望著自己的手機發愣，從前天晚上回到東京以來，他一直打電話聯絡 Lily，卻一直沒得到回音。

打電話到她工作的補習班，對方也只跟鬼塚說她已經好一陣子沒來上班了，原因是什麼他們也不太清楚。

是發生什麼意外了嗎？離上次進山谷集訓前的最後一次見面才隔了一個多月，那時並沒有發生什麼異狀，Lily 也說要等他回來，還要來這裡看他比賽。

鬼塚百思不得其解，正當他想再多撥一通電話給 Lily 時，這時卻輪到他上場了。

「我叫鬼塚和延，請指教。」鬼塚手握竹刀、身上穿著護具，對眼前的對手敬了個禮。

「多多指教。」對手沒有多餘的禮節，只是淡淡說了幾個字後便擺開架勢，準備開戰。

「開始！」裁判大手一揮，鬼塚的第一場預賽正式開始。

另一方面，遠在和歌山縣的山谷中小木屋裡，谷川正悠閒的削著木刀，一邊抽著菸斗。

只是他才削到一半，這根他認為上好的、適合作為木刀材料的木頭，竟然毫無預警的從中間裂開，前頭應聲斷落在地上。

「嗯？」谷川感到很疑惑，他用這裡的樹幹做了這麼多把木刀，從來還沒有發生過這麼奇怪的事情，而當他撿起斷裂的木頭準備細看時，他的心臟突然劇烈的跳動了起來。

谷川瞇起眼睛，心中一怔，發現他的屋外竟然有一股強烈的殺氣，而殺氣的主人還以非常快的速度接近這裡。

「難道……」谷川抓起放在自己腳邊的真刀，絲毫不敢鬆懈。

過了幾秒鐘，木屋的門被人一腳踹開，屋外出現一男一女，男的身材魁梧但略顯老態，手中握著一把刻有「稻」字的武士刀，而另一位則是個戴著大墨鏡的金髮外國女子，她的手中還握著一把短槍。

殺氣騰騰的兩人直瞪著眼前的谷川，看上去絕非善類。

「你們是什麼人？」谷川把手搭在刀柄上，冷冷的問。

「來要你命的人。」女子回答，扣下扳機。

初賽結束了，因為這次報名參加的人數太多，比賽時間花得太長，於是大會決定，取得準決賽資格的選手將在一個禮拜後再進行後續的比賽。

「不錯嘛！希望一個禮拜後真的能和你同場較勁。」走出會場後，隼人坐在跑車上對準備要過馬路的鬼塚說。

「我一樣那句話，決賽見。」鬼塚看見他那變得城府極深的臉，怎麼樣都笑不出來，說完之後他便快步離開。

「決賽見……是嗎？」看見鬼塚漸漸離去的背影，隼人露出極為陰狠的笑臉且喃喃自語：「恐怕你一到和歌山，就再也回不來了……」

7

整理完行囊，鬼塚直奔谷川的住處，不知道為什麼，比賽的時候他總是覺得忐忑不安的，心情怎麼樣都沒辦法平靜下來。

在列車上他也不斷的撥著 Lily 的電話號碼，但她依舊是沒有開機。

Lily的沒回應加上一直不安跳動的心臟，讓鬼塚沒有辦法享受一刻安寧，連進入準決賽的喜悅也完全沒有辦法進入他的心中。

下了列車，鬼塚三步併作兩步的直奔山谷而去，這次他更快的只花了半天就到了谷川的住處，只是當他遠遠看到那殘破不堪的景象，著實讓他看傻了眼。

原本排放整齊的竹籃、木柴，還有谷川放在屋外的日常生活用品，全部變得凌亂不堪，小木屋本身也充滿了戰鬥後的刀痕，看起來這裡就像發生了一場世紀拚鬥。

一見到這種情形，鬼塚慌張的丟下所有行李直奔屋內，一進去就看到斷了一隻左手，只剩右手緊抓住武士刀、渾身是血的谷川躺在地上。

「死了……」鬼塚瞪大眼睛不敢相信，雖然曾經聽他說過暴露了行蹤會帶來殺身之禍，但他從來沒有把這裡的事對燕飛館的任何人提起，為什麼有人會找到這裡來。

突然間，鬼塚的腦袋一個激靈，他想到自己曾經把這裡的事情告訴過一個人，而那個人也在最近失去了聯絡。

「Lily……」鬼塚雖然想到這個可能性，不過他馬上搖搖頭直說不可能，但這一連串的事情又太過巧合，讓他不得不這麼想。

正當他還愣愣的看著谷川的屍體百思不得其解的時候，一個冰冷的觸感直抵住他的後腦，他瞬間反應過來，抓住谷川握著的刀反身就是一斬。

來人輕盈的退後了一步躲開攻擊，繼續用手中的短槍指著鬼塚，而當鬼塚看見拿槍指著他的人時，他才真正被迫接受了殘酷的事實。

「Lily，真的是妳。」鬼塚吃驚的說。

「沒錯，雖然不只我一個來殺他，但從你口中套出這個位置的人，以及真正了結他生命的人，的確是我。」Lily 表情冰冷，脫去看慣的笑容之後，這張臉竟變得如此陌生。

「為什麼……」鬼塚不解的問：「難道這段日子以來都是假的嗎？都是騙我的嗎？妳從來沒有真正喜歡過我嗎？」

「……」面對鬼塚一連串的問題，Lily 臉上的表情明顯的變了一下，但下一個瞬間，她又回到那冷酷無情的樣子。

「妳說啊！」鬼塚憤怒的揮了一刀，把遠在刀子本身長度根本搆不到的距離之外、Lily 臉上的那副墨鏡給斬成兩半。

悲痛的刀氣讓墨鏡應聲而斷，伴隨著清脆的聲響和幾滴淚珠落在地上，墨鏡下的 Lily，眼眶裡充滿著淚水，說明了她對鬼塚的感情。

「對不起，我是殺手。」Lily 閉上眼睛，淚水沿著臉頰而下，在滴落到地板的那一瞬間，她也扣下了短槍的扳機。

槍聲過後，鬼塚後方的木屋牆壁上多了一個彈孔，但屋裡除了跪倒在地、淚流不止的鬼塚之外，Lily 的身影早已經消失不見，只留下她身上那股令鬼塚再熟悉也不過的淡淡香水味。

象徵甜蜜愛人的味道，如今只是一場騙局後的殘香，雖然 Lily 最後沒有依契約對鬼塚下殺手，但鬼塚的心早已經被她掏空了。

殺手，就不能夠真正的去愛人嗎？他知道 Lily 對他也是有感情的，但那個刀光劍影的黑暗世界，卻不是自己隨隨便便就能找到門路踏進去的領域。

他想要對 Lily 證明，就算是殺手，也能追尋自己真正的愛，既然如此，他就必須想辦法走進這條黑暗之路。

坐在地板上沉思了許久，幾個小時後，小木屋的門口走來了兩名訪客。

兩鬢斑白，臉上掛著陰邪笑容的老者站在前方，他的後面則站了一個穿著斗篷、戴著高帽的陰陽怪氣男人。

「你是誰？」鬼塚警戒的問。

「我叫做G，是他以前的老闆，而他曾經是我麾下的殺手。」站在門口的G指著谷川的屍體說。

「師父是殺手？」

「是啊！他很優秀，可惜他最後還是離開了我。」G走了進來，看著雙眼已經哭到紅腫的鬼塚說：「你是他的弟子吧？要不要繼承師父走過的路，進入殺手的世界呢？」

「殺手……的世界。」鬼塚一個字一個字的慢慢說道。

「你愛著的那個女人是一名殺手，想要找到她，你就必須成為一名殺手。」G彎著腰湊近他的臉：「只要你來到我麾下，我會幫你找到她的，怎麼樣？這條件優渥吧？」

「……」鬼塚看了一眼G，再看了一眼谷川，接著他閉上眼睛，深深吸了一口氣，說：「我做！」

「歡迎你的加入。」G微笑著。

「歡迎你啊！咿哈哈哈哈哈！咿哈哈哈哈哈！」影鬼大笑著揮舞自己的斗篷，看上去格外詭異且邪惡。

於是，為了追尋自己心愛的女人，鬼塚和延正式踏上了殺手這條不歸之路。在此同時，也注定了他此生的命運，最終僅僅只是被眼前這位陰謀者操弄在手掌心中。

《Killer Hunter 外傳——愛與欺騙，鬼塚和延的殺手之路》　完

KILLER HUNTER
殺手獵人
CASE THREE 正義

星爵作品 03
殺手獵人 03　正義

國家圖書館出版品預行編目(CIP)資料
殺手獵人 03 正義 / 星爵著. -- 初版. --
臺北市：春天出版國際, 2017.05-
冊；　公分. -- (星爵作品；3-)
ISBN 978-986-94698-5-2 (第3冊：平裝)
857.7　　　106002001

ISBN 978-986-94698-5-2
Printed in Taiwan

作者	星爵
總編輯	莊宜勳
主編	鍾靈
出版者	春天出版國際文化有限公司
地址	台北市信義路四段458號3樓
電話	02-7718-0898
傳真	02-7718-2388
E－mail	frank.spring@msa.hinet.net
網址	http://www.bookspring.com.tw
部落格	http://blog.pixnet.net/bookspring
郵政帳號	19705538
戶名	春天出版國際文化有限公司
法律顧問	蕭顯忠律師事務所
出版日期	二〇一七年五月初版
定價	180元
總經銷	楨德圖書事業有限公司
地址	新北市新店區寶興路45巷6弄6號5樓
電話	02-8919-3186
傳真	02-8914-5524
香港總代理	一代匯集
地址	九龍旺角塘尾道64號 龍駒企業大廈10 B&D室
電話	852-2783-8102
傳真	852-2396-0050

KILLER HUNTER

KILLER HUNTER

KILLER HUNTER

KILLER HUNTER